エスメラルダ・エル・クワンダ
年齢：25歳　身長：170センチ
立場：クワンダ国女王
マーシャの心友であり、理解者。
マイラの義姉でもある。
「え、あ……エ、ル？」
エル、というのは私が留学時代に当時第一王女だった彼女に呼ぶことを許された名だ。今や一国の王となった彼女に対しては口にすべき名ではないが、呆気にとられている私にそれを気にするだけの余裕がなかったのだ。
「なんじゃ、そんなに驚かんでもいいであろうが。我が心友ともあろうものが、妾が姿を見せた如きでそんなになるとは情けないのう」
婚約者に裏切られたので、子爵令嬢から王妃付き侍女にジョブチェンジしてみた4
マーシャリィ・グレイシス
年齢：25歳　身長：158センチ
立場：王妃付き筆頭侍女
子爵令嬢から王妃付き侍女に転身。特例親善大使としてクワンダ国の王都入りを目指し奮闘中。

テイラー男爵夫人
年齢：26歳　身長：180センチ
立場：クワンダ国貴族
女装家。グラン国へ留学経験あり。
マーシャの良き相談相手。
ケイト・グレイシス
年齢：28歳　身長：170センチ
立場：書記官
マーシャリィの兄。書記官として
特例親善大使に同行。
「すっごぉぉぉぉく綺麗よ、お兄様。身代わり
ありがとう」
「…………兄は『綺麗』より『格好いい』と言
われたい、妹よ」
「それは無理！」
だって本当に美しいもの。女装がこんなには
まるとは我が兄ながら恐ろしい。

I used to be a Viscount's daughter. Betrayed by my fiance,
I job-changed to a Queen's handmaid.

婚約者に裏切られたので、子爵令嬢から王妃付き侍女にジョブチェンジしてみた 4

雉間ちまこ
illust. 煮たか

Contents

第六章　とんだ偶然？　思わぬ再会!?
— 005 —

第七章　まさかまさかの再登場、親分子分！
— 041 —

第八章　呪われた廃村、呪われた私
— 101 —

第九章　子爵令嬢《わたし》が筆頭侍女《わたし》になったわけ
— 151 —

第十章　親しき友より心の友、心友様参上！
— 195 —

書き下ろしストーリー　子爵メイドメアリと、お婿さん候補の遭遇
— 230 —

第六章
とんだ偶然？　思わぬ再会!?

ほのかに潮を含んだ風に揺れて木々がざわざわと音を奏でる。その心地よいざわめきの隙間から聞こえるのはあまりにも似つかわしくない野太い笑い声だ。

木々が私たちの姿を隠してはいるが、気配というのは隠しきれない。いや、騎士であるキースなら気配を消すことができるだろうが、侍女である私には土台無理な話である。自分たちの存在を知らしめつつ、けれど決して捕まらない距離を見誤らないように慎重に声の聞こえる方へ足を進める。それは一介の侍女でしかない私には難しいことだというのにもかかわらず、こなせてしまう自分の境遇が憎らしい。平和とか平穏とか大好きなんだけどなぁ、と思わず泣けてきそう。

「随分と大きな声だな……」

そんな私の内心を知らないキースは盛大に顔をしかめそう呟《つぶや》いた。

「そんな顔をするほどのこと？」

森林中に響き渡る、がっはっは！　という声はいかにも賊らしい不遜な笑い声であるが、私はキースが言うほど気にならない。

「お前は怖くはないのか？」

「怖くないと言ったら嘘《うそ》になるけれど、でも大丈夫だわ」

恐らく賊であろう笑い声の主は、わざと私たちに笑い声を聞かせているのだ。普通に考えれば自分たちを追ってくる人間の存在なんて恐怖以外の何物でもない。あえて笑い声を響かせることで私たちを煽《あお》っているのだ。そんなのにまんまとはまってなんかやるものか。

「見かけによらず豪胆だな……と言いたいところだが、らしくて何よりだ」

「…………それはどうも」

らしい、とはどういう意味だ、キースが私の何を知っているのよ、と言い返したいのをぐっと我慢である。

「私にはキースが何をそんなに気にしているのかわからないわよ」

まさか怖《お》じ気づいたわけではないわよね、と声色に含ませる。だが、憎まれ口のつもりで吐いたその言葉に返ってきたのは、

「……美しくないだろ」

である。

「は……？」

聞き違い？　空耳？　いやいや、間違いなく端麗なお顔についている魅惑な唇が奏でたのは「美しくない」というお言葉である。状況もわきまえずあんぐりと大口を開けそうになった私を誰が責められるだろう。

「…………賊にそれを求めてはいけないと思うわよ……」

美しさって、そんなものを賊が持ち合わせているわけがない。美しい賊、美しい賊……それなんていう耽美《たんび》小説？？ とてもじゃないが想像つかないし、むしろしたくない。

「まぁ、それもそうだな」

「そうに決まっているわよ」

キースの端整な顔を見上げ、私は力強くそう言った。変に不安になるから素っ頓狂なことを言うのはやめてほしい。

キースはそんな私の心に芽生えた不安を気にも留めずどんどんと進んでいく。まぁ、不安に思っても今更なのだからついていきますけどね！

そうして気配を消しつつ慎重に進んでいくと、木々が途切れ、開けた場所に出た。

「……あら？」

私は小首を傾《かし》げた。間違いなく近くにいると笑い声は示しているのに、視界に入る光景には人影すら見当たらないのだ。すると、しっ、と人差し指を口元に当てたキースが私に向かって「屈《かが》め」と指示を寄越す。戸惑いは一瞬。キースが慎重に進むのに倣い、私も同じように這《は》いつくばるようにして彼を追う。

這って辿《たど》り着いたのは丘の急斜面際。くいっとキースの顎に促されて斜面下を覗《のぞ》き込むようにして見下ろすと、馬車の幌《ほろ》に隠れて笑い声の主の姿は見えないものの周りを囲むようにして数人の男たちがたむろしているのがわかった。

見るからに賊と言わんばかりの風貌からして私たちへの追っ手で間違いないだろう。

「あれを見ろ」

耳元でそう囁《ささや》かれ、ゾクリと背中に走った寒気に一瞬思考が止まった。

「どうした？」

「…………いいえ、なんでもないわ」

小さく頭を振って脳裏に過《よぎ》った男の顔を振り払う。あれの声はもっと嗄《か》れた耳障りなものだった。キースのように女性が好むような美声じゃない。

「キースが良い声で良かったわ」

「ふふん、よく言われる」

得意げなキースの横顔にイラッとはするが、今回ばかりは反論しないであげる。その無駄に良い声のおかげですぐに冷静になれたのだから。

私は心の中で自分を宥《なだ》め、気を取り直してキースに促された方へ視線を向けた。

「あら……？」

キースが指差したのは、馬車を取り囲むようにして談笑している賊を、少し離れた木々の間から窺《うかが》う人影。

「……一般の人は立ち入れない区域って言っていたわよね？」

普通に話したとしても斜面下までは聞こえはしないだろうが、用心に用心を重ねて私もキースに負けないくらいの囁き声で確認をとる。もちろん耳元ではなく適切な距離からだ。

「そうだ」

私の問いにキースは静かに頷《うなず》く。

「クワンダ国民ならここがどんな場所なのかを知っているからな」

そう答えたキースの台詞《せりふ》に私は眉をひそめた。どんな場所なのかを知っているだなんて随分と意味深である。だがそれを追及するのは後だ。今、私が気にするべきは賊であろう男たちとそれを付け狙っている人影の存在なのだから。

「貴方《あなた》の部下では？」

この先にある廃村で落ち合う計画ならその可能性が高い、と私はまた問うがキースは首を横に振る。

「言っただろ。部下にはいくつかのパターンを考えた上で指示を与えてある。俺様の部下に命令を無視するような愚か者はいない」

きっぱりとした否定はよほど部下を信頼しているのか。でもそれでは人影の正体に見当がつかない。キースの怪訝《けげん》そうな表情を見る限り、彼にも心当たりはなさそうだ。ちなみに一人称が『俺』と『俺様』の時の違いは何だろう、と頭の片隅で思ったのはご愛敬である。我ながら緊張感が薄い自覚はあるのだ。

「見ろ、動くぞ」

短くキースが言うのと同時に隠れていた三つの人影が馬車に向かって走り出した。賊と謎の三人組が衝突する、そう思った。

「「あ」」

が、決着は一瞬。

隠れていた謎の三人組が木々から飛び出したと思ったら、どこからともなく現れたフードをかぶった二人の男が瞬時に一人ずつ倒してしまった。残りの一人もうろたえながらも一人で馬車へ突進するが、それも残念。馬車の幌で隠れていた笑い声の主の見事な一本背負いで圧勝である。

「まぁ……っ⁉」

あまりの光景に私は驚嘆の声を上げた。

「驚いた……、随分と腕が立つ」

それは隣にいたキースも同じだった。

返り討ちにあった三人は剣を手にしていたのだ。背後からとはいえ、二人を倒したフード姿の男たちの手に武器らしきものは見えず、遠目では何をしたのか私には判別できなかった。本当に現れたと思った瞬間に謎の男二人は崩れ落ちたのだ。笑い声の主に至っては、剣を持っていた残りの男と正面から相対していた。しかも恐らく油断しきっていただろうところを、だ。それなのに攻撃をあっさりと躱《かわ》し、振り下ろされた剣を握っていた腕をとっての一本背負い。ただ単に襲いかかった男たちが弱かっただけなのか、それにしても丸腰の身でお見事の一言である。

だが私はキースの驚嘆とは別の意味で動揺をしていた。

「どうした？」

その様子にキースが訝《いぶか》しげな視線を寄越してきたが、私はそれを気にすることなくおもむろに立ち上がった。

「お、おい!」

突然の私の行動にキースが焦った声を出すが、もう遅い。せっかく身を隠すように地面に這いつくばっていたのに斜面下にいる賊が見上げれば今の私の姿は丸見えだろう。相手は馬車を使っている。ということは馬を伴っているということだ。私たちを捕まえようと思えば斜面上にいるという有利な状況なんてあっという間に翻される。だって木々が邪魔しないのなら人の足より馬の足の方が断然に早いのだから。

でも、もうそんなことを考えるのは意味がない。

「……すぅ」

吸い込む音が聞こえるほどに大きく息を吸う私。深呼吸? そんなわけがない。私は斜面下にいる見事な一本背負いをした笑い声の主に向けて大きく口を開けた。そして、

「なぁぁあんでこんな所にいるのよぉぉぉぉおおお、こぉの強面《こわもて》中年がぁあああ!」

お腹の底からこれでもかというほどの大声を出した。崖下からの多数の視線が私に突き刺さる。そして大きく目を見開いた賊と認定していた男と視線がぶつかった。

何が恐怖を煽る為《ため》にわざと大きな笑い声を立てているよ。我ながら予想を外しすぎていっそのこと大笑いするレベルだ。

私を捕まえる? やれるならやってみればいい。返り討ちにしてやるわよ。

「ガスパ――――――――アル!!!」

メアリ仕込みの強烈鼻フックでね！

「へ、あ……？　じょ、嬢ちゃん？？？」

ガスパールがとんでもなく間抜け面をしているのが遠目にもよく見えた。こちらもこちらで隣のキースはあんぐりと大口を開けてるし、私だって自分の目を疑いまくったが現実は現実。斜面下にいるのは私のよく知っているグラン国アネモネ宝飾店オーナーのガスパールだ。そして私も間違いなくガスパールの最愛の人メアリの主人グレイシス家長女マーシャリィ・グレイシスなのだ。

私は仁王立ちのまま崖下にいるガスパールを見下ろし、立ち入り禁止区域であるこの場所にガスパールがいる理由をさっさと吐け、と淑女らしからぬ大声で怒鳴った。そのくらい私も動揺をしていたし、なぜか腹も立っていた。

「それは嬢ちゃんも一緒だろうがよぉぉお？」

私の大声にも負けない声量で瞬時に返された反論に、それもそうだと頭の中で頷く。ガスパールからしたら、グラン国特例親善大使として華々しくパレードを行い、クワンダ国へ旅立ったはずの私が突然現れるなんてとんだ青天の霹靂《へきれき》だろう。しかも庶民のような格好でこんな人けの少ない山道で、だ。

「まぁいいわ。ちょっとガスパール、上がってきてちょうだい！」

だが、である。あり得ない再会だろうが晴天の霹靂だろうが、私の頭はガスパールの存

在を好都合だと弾《はじ》き出していた。そう思っているのはあくまで私だけだったとしても、だ。

「……おい」

ふいに腕を捕られて振り返った私の視界に入ったのはキースの旋毛《つむじ》だ。深く俯《うつむ》いている彼の表情は見えないが、怒りと戸惑いの空気を発しているのがわかった。

「驚かせるような真似《まね》をしてごめんなさい。でも大丈夫よ。彼らは追っ手ではないわ」

だから警戒をする必要はないから安心して、と私は言ったのだ。けれどキースはほんの少し頭を上げただけで反応はすこぶる悪い。

「キース？」

どうしたの？　と様子を窺うが、キースは一向に顔を上げようしない。

「……お前ら、知り合いなのか……？」

「そうね。まさかこんな所で会うとは思いもしなかったけれ……っ、痛ぁ！」

ぽつりと言われた問いに私は頷いた――瞬間、腕に走った痛み。摑《つか》まれた二の腕にキースの指が食い込んでいる。

「ちょ、キース？？」

いきなり何をするのか、とキースを見上げると何やら彼はブツブツと呟いていた。痛みに耐えながら耳を澄ます。すると、

「……た？　ま……か……。こんな小娘に……？」

と、途切れ途切れの台詞の中の『小娘』発言が聞こえたものだからカッチーンである。

「誰が小娘よ、このスケベぼくろ！」

思わず口から飛び出た憎まれ口に、キースがくわっと目を引ん剝《む》いた。

「なっ、誰がスケベぼくろだ！」

「何よ、文句があるの？　先にキースが私を小娘呼ばわりしたんでしょう！　言い返されたからって怒らないでほしいわね！」

ハン、と鼻息荒く言い返す。売られた喧嘩《けんか》上等精神である。それに別に難癖はつけていない。妙齢の女性に対して『男を知らない』だとかほざくくらいだから、スケベぼくろと言われても仕方がないでしょ。それに比べ私は小娘でなく、れっきとした成人女性なのだから文句を言いたいのはこちらの方だ。あー、イライラする！

斜面下からはガスパールの「嬢ちゃんに何してんだ、ゴラァ！」と柄の悪い怒号が聞こえるが残念、キースは意にも介せずギロリと私を睨《にら》みつける。

「なら、あいつらは一体何者だ！」

「だから私の知り合いだって言ったでしょう⁉」

その端整なお顔に付いている耳は飾り物ですかー？　と言い返そうとしてはたとキースの急な変化の理由に気がついた。

「まさか、この期に及んでまだ私を疑っているの⁉」

「何度も言うがマーシャリィ・グレイシス嬢はグラン国のれっきとした貴族令嬢だ。こんな賊と顔見知りであるはずがないだろうが！」

そう言われるとぐうの音も出ない。普通は貴族令嬢が賊（ではないけれど）と友人関係は築かない。言われなくともそんなこと知っている。自分が普通の貴族令嬢の枠を超えているのも自覚がある。だがしかし、だ。ガスパールは強面だが賊じゃない。

「だからといって説明を求めることなく、真っ先に疑うってどうなのよ‼」

「この状況で信用しろとか無理だろうがっ！」

「信用するしないはきちんと話を聞いてから判断してちょうだい！　その口と耳は飾り物じゃないでしょう？　しっかり活用しなさいよ！」

「ああ言えばこう言う……っ、お前、生意気なのも大概にしろよ！」

「大概にするのはキースでしょ！　自分がどれだけ思い込みが激しいのか自覚ある？　何回私にけちを付ければ気が済むのよ‼」

私を相棒と言ったくせに、このホラ吹きぼくろめ‼　撤回するのが早すぎるのよ。もぅ、腹が立つ、腹が立つぅぅぅ！

堪《こら》えきれない腹立たしさにギリリとキースを睨みつける。キースもキースで鋭い眼光で私を睨みつけてくる。ガスパール風に言えばメンチの切り合いだ。だが口やメンチで渡り合えていても、所詮私は女なわけで純粋な力ではキースに勝てるわけもなく、摑まれている二の腕がキースの身長に釣られて引っ張られる痛みが走る。その痛みを少しでも逃がそうとつま先立ちで耐えているものの、いつまでも持つはずもない。それに敵と遭遇したかもしれないという緊張と思いがけないガスパールの存在で忘れかけているようだが、私の体調はただ今現在進行形で絶賛最低最悪なのである。キースの勘違いによる暴走に引きずられて、私の頭は沸騰寸前であると共に体調不良による不快感はＭＡＸである。いっそ離してくれないのならこのままキースの胸に胃の内容物をぶちまけてやろうかしら、と本気で思った。だが、

「痛いって言っているでしょっ！　いい加減離してよね‼」

もう耐えるのも限界だ、と判断した私の体が行ったのは、いつものアレ。

「ふん！！！！」

痛みと体勢の限界が来た私の右足は吸い込まれるようにしてキースの足の甲へ一直線。

私の二の腕を掴んだままのキースはそれを避《よ》ける暇もなく、聞こえてきたのは悶絶《もんぜつ》の声だ。

「ぐっ……ぅ……、お前、か、かとに、何を仕込ん、だ？」

「失礼なこと言わないで。この靴は貴方が用意してきたものでしょう。仕込むだなんて人聞き悪いことを言わないでちょうだい」

痛みに悶《もだ》えながらそんなことを言うキースに、私は自分の二の腕をさすりながら答える。

「お、おま、これ軍靴だぞ……っぅ」

「それが何よ」

いくら軍靴が丈夫だといっても靴は靴。幾度となくダグラス様の足の甲を踏みつけてきた私の右足が的確に狙いを定めただけだ。さっさと手を離さなかったキースが悪い。胃の内容物をぶちまけられた方が良いのなら、今からでもそうするけれど？

「貴族令嬢はこんな技《わざ》は持っていない……っ！」

「…………それは否定しないわ」

私以外の令嬢がこんな真似しているのを見たことはない。むしろはしたないと言われること間違いなしである。言い訳ではないが、私だって好きでこんな技を習得したわけじゃない。何せ私の周囲には困ったちゃんが多く、自《おの》ずと自分を守る為にどうしても習得せざるを得なかったのだ。言わば必要不可欠だったとも言える。

「マーシャリィ・グレイシス嬢は子爵令嬢だぞ！　彼女の名を騙《かた》るならもっと勉強してこい‼」

「だから！　本人に会ったことすらない貴方が言えることなの、それ⁉」

何を隠そうこの技を授けたのは本人以上にマーシャリィ・グレイシス《わたし》のことを把握しているグレイシス家メイドのメアリなのだ。貴族令嬢にこんなことを教えてくれるメイドなんて、どこの国を探したって破天荒メイドメアリしかいない、当然でしょう？　ちなみにメアリの必殺技は足の甲潰しからの往復ビンタ、さらに加えて強烈鼻フックまでが一連の流れであるのはここだけの秘密だ。私の技なんてまだまだ子供騙《だま》しみたいのもの。それなのにダグラス様といいキースといい、このくらいで情けないったらありゃしない。ピンヒールじゃなかっただけありがたいと思いなさいな。

ふんすと鼻を鳴らす私と、ぐぎぎと歯ぎしりをするキース。お互い頭に血が上っているせいか譲らないと言わんばかりに再度メンチの切り合い開始。

「本当に生意気だな、お前!」

「減らず口叩《たた》いているのはどっちよ!」

と、どれくらいの時間そんな攻防を繰り広げていたのか。私たちの空気を変えたのは息を切らしたガスパールだった。

「嬢ちゃん、大丈夫か!!」

馬の蹄《ひづめ》の音が聞こえたかと思えば必死の形相をしたガスパールが馬から下りて駆け寄ってきた。が、私たちの姿を認めた途端にその心配顔は一瞬にして呆《あき》れ顔に変わる。

「なぁにやってんだ、おめぇら……」

何って喧嘩ですけど!? と言い返しそうになって、はたと己の格好に口を噤《つぐ》んだ。

「「…………」」

ちらりと私とキースは視線を合わせて、そして、お互いに居心地悪さげに佇《たたず》まいを直す。

気まずい、というレベルではない。二人して片手はお互いの頬をつねり合い、それだけで終わらず私の左手はキースの髪の毛を思いっきり引っ張っているし、キースはキースでその私の左手首を握って抵抗しているものだから、私たちに自覚はなかったとしても端《はた》から見るとそれは子供の取っ組み合いだ。いや、もしかしたら私が一方的にやられていたように見えるかもしれないじゃない。か弱い乙女《おとめ》に対してキースの行いは紳士がする行動じゃないし!

「……嬢ちゃん、今いくつだ?」

だが、そんな私の淡い願望はガスパールの大きなため息と共に放たれた台詞に塵《ちり》と消えた。二五歳です、なんて口が裂けても言えない。恥ずかしすぎる……。

チラリと横目でキースを見やるとバチッと視線がかち合って、またすぐにお互い目を逸《そ》らした。キースが額に拳を当てて首を小さく振り、私と同様に小さく唸《うな》る。

「……心配して損したぜぇ……」

後頭部をがしがしと乱暴にかきながらガスパールは私にそう言った。ちょっぴり怒っているような気がするのは、きっと気のせいじゃない。

「つーか、マジで何やってんだよ、嬢ちゃんともあろうものがよぉ」

「……えへ」

らしくもなく愛想笑いで誤魔化そうとして失敗。ガスパールの視線が痛い。ちゃんとわかっているからそんな呆れた目で見ないでよ。私だってまさか取っ組み合いの喧嘩をするほど、我を忘れるなんて思いもしなかったのだ。

「んだよぉ、無駄に心配させんなよぉ……」

「ごめんなさい」

脱力した、と言わんばかりにガスパールは肩を落としたものだから、余計にいたたまれない。

「俺ぁ、また誘拐でもされたんじゃねぇかって……、はぁ、心臓がひっくり返るかと思ったぜぇ」

心配してくれて崖下から単騎でかっ飛ばしてきてくれたものね。その行動はありがたいけれど、また、は余計である。

「んで、だ。このにぃちゃんが危険人物じゃないのは今の様子見てわかったが、嬢ちゃんはここで何やってんだ？　ってか、嬢ちゃんこんなとこにいちゃいかんだろ？　お役目はどうしたんだ？？」

よくぞ聞いてくれましたとも。ちょっと横道に逸れちゃったけれど、私たちが直面している問題に話題を戻してくれてありがとう、ガスパール。

「そのことについてはちゃんと説明するわ。まずはキース、こちらグラン国アネモネ宝飾店オーナーのガスパールよ。私の昔ながらの友じ……知り合いよ」

そこは素直に友人って言ってくれよ、というガスパールの抗議は無視、無視。というか、小っ恥ずかしい醜態を忘れてしまいたいので話をさっさと進めましょう。それが現実的でしょ、ね！

「…………宝飾店オーナー……？」

「そう。こう見えてグラン国では貴族御用達《ごようたし》の宝飾店に負けず劣らずの人気を博しているお店を経営している実業家よ」

だから決して賊ではないの。たとえ宝飾店オーナーとは見えない容姿をしていても、正真正銘宝飾店の顔であるオーナーなのだ。美術品や宝飾品を見る目が確かなのは太鼓判を押してもいい。

「ガスパール、こちらはクワンダ国騎士のキース・ミラー様よ。私の……んー、命の恩人ね」

一応、と付けなかった自分を褒めてあげたい。

「あー……、ってこたぁは、やっぱり何か面倒なことが起こってんだな？」

察しが良くて何より。にんまりと笑みを浮かべた私に、ガスパールは「さすがぁ嬢ちゃん。期待を裏切らないぜぇ……」とほんのり遠い目をした。

「どういう意味よ、と言いたいところだけど、それよりもよ。ちょっとガスパール、お願いがあるの」

断られるつもりは微塵《みじん》もないから、正確に言えばお願いではないのだけれど。

「あー……、まぁ、無理難題じゃなけりゃ構わねぇぜ？」

「嫌ね、無理難題なんて言ったことないじゃないの」

その言い方では、まるで私がいつも無理難題を押しつけているみたいだ。そんなことを言い出すのは私ではなくてメアリの方だ。人聞きの悪いことを言わないでちょうだい。

「あのね、私たちをクワンダ国王都へ連れていってほしいの。なるべく早く確実に」

「あ？　王都にか？」

「そう、ガスパールの連れとして。ね？」

いいでしょう？　とガスパールを見上げる。

「おい！」

いきなりの私のガスパールへのお願いに、勝手なことを言い出すな、とキースが抗議の声を上げる。けれど私はそれを手で制す。

「キースの言いたいことはわかるわ」

勝手なことをするな、でしょう？　この先の廃村でキースの部下たちと落ち合う予定なのはきちんと理解はしているわよ。

「でもね、騎士の中に内通者を飼っているのでしょう？　ならこの先キースの部下と合流しても顔が割れている以上どんなに変装しても仲間内なら気づかれてもおかしくないわ」

そう言いキースを見やると彼は言葉を詰まらせた。

「いつどこで襲撃されるかわからず怯《おび》えながら時間をかけて進むより、クワンダ国で顔の割れていないガスパールに同行した方がよっぽど早く王都入りできるでしょう？」

「だが襲撃がないというのは絶対ではない。現に襲われていたじゃないか」

「でも瞬殺だったわ」

随分と腕が立つ、そうキースが感心するほどに。

「ガスパールとなら追っ手の目をくらませられる。道中だけの話ではないわ。王都入りしてからもよ」

そうでしょう？　と私はキースに詰め寄るようにして言った。王都までの道中も危険ではあるが、どちらかというと王都入りしてからの方が危険度は高い。

「俺の部下でも十分守れる。悪いが得体の知れない相手に命は預けられない」

「それは私にとって貴方も一緒だわ」

「な……っ」

私の台詞にキースは絶句した後、すぐに目を吊《つ》り上げた。

「ふざけるな。俺を侮辱しているのか？」

侮辱、とはよく言えたものだ。

「それは私の台詞よ」

「あぁ？」

怒りと呆れが半々の面持ちで言い返した私に、キースが低い声を出す。けれどそんな声音を出されたところで怯《ひる》む私ではない。

「あのね、キース。こんなことを言いたくなかったけれど、私を偽物だと思っている貴方は式典に間に合わなくても構わないとどこかで考えていないかしら？」

彼にとって本物のマーシャリィ・グレイシスが王都入りしてさえいれば、偽物《わたし》が間に合わなくとも何の問題もないのだから、そう思っていたとしても不思議ではない。

「馬鹿なことを……」

言うな、って？

「でもキースは簡単に私を疑うでしょう？」

その反応が何よりの証拠だ。いつまでも私を偽物扱いして、王都入りできず式典に間に合わなかったらどうするつもりだったのだ。その時になって本物だと理解しても、もう取り返しのつかない事態になっているだけ。特例親善大使である私はそれを簡単に受け入れることはできない。

「私を疑うのは結構」

百歩譲って長年の片想《おも》いの相手が私みたいな女だと思いたくないのを理解はしてあげる。私の貴族令嬢らしからぬ軽率な行動やガスパールの存在が彼の猜疑心《さいぎ》を強めたのだろうしね。しかし、だ。

私はキースに詰め寄り、顔面に人差し指を突き立てる。

「でも、約束は約束よ」

私をマーシャリィ・グレイシスとして式典までに王都入りさせるという約束。剣を喉元に突きつけられた直後の私が信用することを決めたのは、彼が女王の名に誓ったからだ。

「式典までに私を送り届けなさい。その為の手段を貴方の矜持《プライド》なんかで邪魔しないで」

優先順位を間違うな、と私はキースに強く言い放った。本当ならもっと怒鳴り散らしたいのを、ギリギリのところで止《とど》めているのだ。これで何か言い訳でもしようなら怒髪天の話では終わりませんけど、と私は怒りを滲《にじ》ませた声音で言い放つ。そんな私の様子にガスパールが手のひらで覆うように視界を塞いだ。

「嬢ちゃん、ちと落ち着けー。な？」

「ガスパール……」

キースの顔が見えないだけなのに苛立《いらだ》ちが少し収まったような気がして、急に何だか泣きたくなるようなそんな衝動に駆られる。

「どうした、嬢ちゃん。らしくねぇぞ」

「……らしくないって……」

何よそれ、と言いかけてガスパールの心配そうな眼差《まなざ》しに言葉を呑《の》んだ。

「つーか、余裕がねぇように見えるな」

「だって……っ！」

そんなの当たり前だ。

「顔色も悪《わり》ぃしよ。少し休もうぜ」

そう気遣うガスパールには私は首を横に振る。

「休んでいる時間なんてないわ。私は早く皆と合流したいの」

「急がば回れって言うじゃねぇか。焦ったって良いこたぁないさ」

「それはわかっているけど……っ」

グラン国一行はどうしただろうか。誰も怪我《けが》をしていないだろうか。シエルや兄様、ノア様も留学生も同行している騎士たちも皆無事だろうか。不安は消えない中、キースは相変わらず私を信用しないし、具合もすこぶる悪い。ガスパールの登場を好都合だと思って当然でしょう。私はちんたらしている暇はないのだ。

「大丈夫だ」

ガスパールの低い声音と共に彼の手が宥めるように私の頭に乗った。

「俺が嬢ちゃんの味方じゃなかったことなんてねぇだろ？」

「……それは、そうだけど……」

「よしよし、大変だったな。でももう大丈夫だ。な？」

今までガスパールはずっと私の味方だった。これからだってガスパールは私を裏切らない、それは絶対的自信がある。でも、どうしても心が騒ぐのだ。いても立ってもいられなくて本当に嫌になる。キースに対してだって相手がメアリならまだしも普段の私ならまずしない行動だ。こんな状況下ならいつも以上に冷静でいるべきなのにずっとイライラしている自分に、また更に腹が立つ。気を引き締めろ、と自分に言い聞かせて拳を握りしめた。

「悔しい……」

ポツリ、と口からこぼれた弱音。

「俺が嬢ちゃんを悔しがらせるったぁ、グランに帰《けえ》ったらニールに自慢してやらなきゃなぁ」

がはは、と声を立てて笑うガスパール。頭に置かれた手が私の髪をくしゃりとかき混ぜる。

「ちょ……っ！」

力任せに撫《な》でるせいで頭がぐらぐら揺れる。この下手《へた》な慰め方、どこかの騎士団長の手つきそっくりである。

「元気出たろ？　相棒《ダグラス》直伝の技だぞ」

そう言って何度も何度も撫でられて、そこでやっと少しずつ胸にたまっていた不安や苛立ちが吐息と共にほぅっと口から漏れ始める。

「………腹が立つわ……」

ぽつりと口からこぼれたそれは先ほどまでの自分に対しての苛立ちではない。この直伝の技とやらに私の心が落ち着いていくのが癪《しゃく》だからだ。とはいえ、その心地よい振動に抗《あらが》えない私はほんの少しだけ鼻をすすってからガスパールの手を除《よ》けた。

「ごめんなさい、キース。私、ちょっと焦ってしまったみたいだわ」

私が素直にそう言うと、キースは何か言いたげに口を開いた。だが彼が口を開く前にガスパールが前に進み出る。

「ガスパール？」

私は不思議そうに呼ぶが、ガスパールは振り返らない。

「あー、でキース・ミラー殿……いや悪ぃがにぃちゃんって呼ばせてもらうぜ。堅苦しいのは苦手なんでな」

ガスパールのそのふてぶてしい物言いに私は眉根を寄せた。いくら私が簡易的な紹介をしたからといって、キースは気のいいダグラス様やライニール様じゃない。それは駄目だ。

「ちょっとガスパール！」

「嬢ちゃんは少し黙っとけ」

そのガスパールの強い口調に私は驚く。

「にぃちゃんが俺たちを信用できんのはわかるさ。にぃちゃんとは初対面な上に、俺の風貌もこんなだしな。自分で言うのも何だがなぁ、得体が知れないって警戒すんのは当然だ」

だがよぉ、と冷たい声と共にキースに向けられた殺気に、私はぎょっとしてガスパールの顔を見上げた。

「命の恩人だかなんだか知らんが、女に手を上げる男っちゅーのはどうなんだ？」

「な……っ！」

その殺気に反応するようにキースが後ずさり腰にある剣に手をかけ構えた。そして珍しく厳しい顔つきのガスパールはそれを見咎《とが》める。

「え、ちょ、ガ、ガスパール？」

何してんの⁉ という私の制止はその緊迫した空気に黙殺された。

「その剣を抜くなよ。俺ぁ自分に刃物を向ける奴《やつ》に容赦するつもりはねぇ……」

くそっ、とキースが吐き捨てた呟きが私の耳に届き、本気で頭を抱えた。そんな私をよそにガスパールはキースと対峙《たいじ》である。ピリピリとした空気がその場を満たし、それに慌てるのは私一人だ。なんでこうなった⁉

「ちょっと、何しているのガスパール⁉」

ぐいぐいとガスパールの服の裾を引っ張り、何とかこの空気を変えようとするが全然何も変わらない。むしろ空気になっているのは私の方である。全く気にすら留められていない。

「貴様……、何者だ」

キースの声が剣を私の喉元に突き付けた時と同じ、殺気交じりの一段と低い声音になっている。

「何者ってさっき嬢ちゃんが言ってたろ、しがない宝石商ってな。あんたの耳は飾りもんか何かかぁ？」

　ちょちょちょっとぉぉ、ガスパールってなに煽ってんのぉ！　その必要性はどこ⁉

「ではグラン国の宝石商がなぜここにいる⁉」

「なぜ、なぁ……。にぃちゃんがなんでだと思うよ、あ？」

　だーかーら無駄に煽らない！

「ちょ、ガスパール、落ち着いて！」

　今にも飛びかからんばかりのガスパールを必死に引き留める。ガスパールが私の為に怒っているのはわかっている。女性に手を上げる行為をガスパールが一番嫌っていることもだ。でもでも、さっきの取っ組み合いは決してキースだけが悪いのではない。女性に手を上げるのはどうかとは思うが、私にも確かに過失があったのだ。しかも負けずにやり返しているのだからガスパールがそんなに怒る必要はない。

「キースもよっ。ガスパールは敵ではないわ。本当に私の友人よ！」

　頭の上で手を大げさに横に振っても、体の前で大きくバッテンしても、無駄に図体の大きいガスパールの背中で隠れてキースにはちっとも伝わらない。というか、必死に訴えども一瞥《いちべつ》すらしてくれない彼らの目に私の姿が映っているのか甚だ疑問である。終《しま》いには、

「「お前《嬢ちゃん》は黙ってろ！」」

　と一喝されてしまった私。とりあえず私の存在を認識はしているようではある。必死の

訴えはフル無視なくせに、だ。

「確かに一応は女性であるこいつに手を上げたことは恥ずべきことだ。どうかしていた」

一応は余計である。

「ほほう」

ん？ である。くぅ、と本当に心底悔いているかのように、でもどこか吐き捨てるような物言いに、ふと抱いた違和感。だが殺気が飛び交う二人に、どうかしていたとかどうかしていないとか、もうそんなのどうでも良いから冷静になってよ！ と思考が切り替わった。

「どうかしていた、なぁ。だがそんな言い訳して女に手を上げる奴ぁ、屑《クズ》って相場が決まってんだがな。にぃちゃんはどっちだ、ん？」

「……それは侮辱か？」

キースの眉間にしわが寄り、あからさまにお怒りのご様子。どうしよう、さっきと違う意味で泣きたい。

「それはすぐにわかる、フン‼」

ダメ！ と伸ばした手はすんでのところで届かなかった。瞬時に間合いに詰め寄ったガスパールが剣を持ったキースの腕を捕る。投げられる、と思った瞬間キースは自分の腕を軸に体を回転しガスパールの手を外したかと思えば、今度はその勢いのまま後ろに回り込み剣を振り上げた。

「甘《あめ》え！」

そう叫んだのはガスパールだ。キースが振り下ろした剣は空を斬り、その隙にどう説明すればいいのかわからない奇妙な動きでガスパールが不安定な体勢のままキースの胴をすくい取った。そしてガスパールはその勢いのまま、ふん！　という鼻息と同時に背を勢いよく反らしキースの体を持ち上げる。

「待ったぁああ！」

そう叫んだ私の制止は全くこれっぽっちも届いてくれず、キースの頭はあっという間に地面に吸い込まれた。鈍い音と共にキースの体が崩れ落ちる。

「何てこと……っ！」

真っ青な展開に目眩《めまい》を起こしそう。これがキースではなくアレだったら「お見事！」とガスパールに満面の笑みで拍手を送るけれども、だ。

「馬鹿、ガスパールの馬鹿馬鹿馬鹿！！！！！」

慌てて二人に駆け寄って、どや顔をかましているガスパールの頭をポカスカと殴る。

「キースは命の恩人だって言ったでしょ！　なんで伸《の》しちゃうの⁉」

「あたた、嬢ちゃん、いてぇよ」

自業自得でしょ！　このあんぽんたんめぇぇぇ！　あぁ、どうしよう。ガスパールがキースを伸してしまったおかげで、さっきまでの私の計画が台無しだ。せっかく比較的安全に王都入りできると思ったのに。

「どうしてくれるのよぉ！」

これではキースが承知するとは思えない。

「あのね、ガスパール！ 私がガスパールに王都に連れていってほしいって言ったのはね、式典までに王都入りだけじゃなく、王城入りする必要があったからなの！ でもキースの協力がなければクワンダ城に入れないのよ！」

私の頭の中の計画にはガスパールとキース両方の協力が必要なのだ。どちらかが欠けてたら意味がないじゃないのぉぉお、と叫んだ。ええ、ええ、心の中ではなく現実に叫びましたとも。

「そっちかよ！！！！」

完全に伸びていたと思っていたキースからの鋭い突っ込み。そして、

「……嬢ちゃん、それないわぁ」

というガスパールからの呆れた台詞に、え？ 何か間違ったこと言ってないわよね。

「くそっ、何なんだよ、お前らは！」

キースが寝転んだまま悪態をついた。

「お前は俺様の心配を先にしろ！」

「え、あ……っ！ ご、ごめんなさ、い……？」

あー、うん、そうね。まずはそこよね。でも地面は柔らかい雑草の茂った土だし大丈夫でしょ、と謎の確信はあったのよ。でもそれを言っても言い訳にしか聞こえないだろうから、あえての謝罪。

「ちっとも気持ちが籠もってない！」

少しは籠もっています、本当に。痛かっただろうな、とは思っているし。ただ私にとっても優先順位がそっちではなかっただけで。

「キース、大丈夫？」

今更感漂う台詞である。案の定のしらっとした視線だけが寄越された。

「ちったぁ頭が冷えたかよ、にぃちゃん」

「おかげ様で！　むしろ違う意味で血が上りそうだがな！」

そう怒鳴るキースに、私を無視してガスパールは手を貸したりして、なぜかさっきまでの殺伐さは消滅していた。何がどうなって今の雰囲気なのかよくわからないが、彼らの間に流れる空気は私が思っていたような険悪なものではない。その上、

「悪かったな！」

と、ぶっきらぼうに言ってきたのだ。

「え？」

きょとん、の次はポカンである。

「彼は俺様の敵じゃない。そうだな！」

「にぃちゃんが嬢ちゃんを裏切らない限り敵にはならねぇよ」

いつもの調子でがははと笑うガスパールに、尚更意味がわからなかった。今までのやり取りのどこに誤解が解ける要素があったというのだろう。

「なんつー顔してんだ、嬢ちゃん？」

「全くだ。俺様の妻の名を騙るなら妙な顔をするのを即刻やめるべきだな」

「何だ、嬢ちゃん。にぃちゃんの嫁になったんか！」

「いや、そうじゃない。俺様の妻の名を汚すな、と言ってるんだ」

なんだそりゃ、とまた大口開けてガスパールは大笑いをした。私が変な表情をしている原因は間違いなくこの二人なのにものすごく理不尽である。

「そういえば、兄弟」

いきなりの兄弟呼びにぎょっとした。なぜよ⁉

「ん、何だ？」

「ここが立ち入り禁止区域だと知っているのか？」

「あ？　禁止区域？　なんだそりゃ？？」

あまりにも普通に会話が進むものだから私の方がおかしいような気さえしてくる。まぁ、良好な関係になってくれたなら文句はないけれど、でもやっぱり不気味。

そう私が感じているのをよそに話は進んでいく。

「俺たちゃ、クワンダ国に商談しに来てんだ。丁度クワンダのブランドショップを経営しているお貴族様からお声を頂いてなぁ」

「商談なら尚更ここにいるのはおかしい。地図はもちろん携帯しているんだろう？」

クワンダ国までの道のりはどの村や町を経由にするかによっていくつのかのルートが存

在するが、一般的に商人が使われるルートは決まっているのが通常だ。

「そうなんだがなぁ……」

ポリポリと頬をかきながらガスパールは困ったように笑う。

「商談相手から案内役と護衛で寄越された奴らがいてな。悪い奴らではないんだが、こう、何というかな……簡単に言うと方向音痴でなぁ」

「方向音痴？」

それって案内役の意味がないような気がする。

「気の良い奴らだぞ。腕も立つしな、護衛としては一級だ」

「あぁ、さっきのフードを被った男たちか」

襲ってきた三人組のうち二人を倒していたフードの男たち。先ほどの戦いぶりを見る限り確かに護衛役としては優秀である。だが、

「ガスパールに護衛なんて必要なの？」

素朴な疑問である。急に襲ってきた暴漢に限らず、クワンダ国女王直属の騎士キースに丸腰で勝利しといて？　しかも一緒に来た従業員もガスパールに負けず劣らず強面集団だったのに？

「商談相手から寄越されたんだ。いらんとも言えんだろうが」

「まぁ、それもそうね」

断ると角が立つかもしれないし。

「どれだけ腕が立っていたところで兄弟を一人にしている時点でどうかと思うぞ、俺は」

「……護衛の意味よ。しかも方向音痴って案内すらできていないじゃない」

いくら私の危機に駆け付けてくれたといっても、護衛がそれについてこないのは大問題だ。

「まぁ、それは俺だからな！」

がっはは、と誰も褒めていないのに照れられても困るのだけれども。

「お、噂《うわさ》をすればだな。おーい！」

そうガスパールが言って大きく手を振った方向から、馬に乗った男性二人を先頭にして馬車がこちらに向かってきている。あちらも私たちの存在に気づいたのだろう、先頭を走っている馬に乗ったフードの男が大きく手を振った。そして、

「旦那ぁ、単独行動されちゃ困るでやんすよ〜！」

ガスパールを追ってきた、どこかで聞いた覚えのある声。ざわっと全身の毛が逆立つのがわかった。

「おう、悪かった。こっちだ、こっち！」

呑気《のんき》にガスパールは追いかけてきた集団に手を振る。

「な、んで……」

私は無意識に隣にいたキースの袖を握りしめていた。

「？」

キースが袖を引かれたと勘違いして私を見下ろすのがわかったが、それどころじゃない。

私の視線はガスパールに駆け寄るフードを被った二人に固定されていた。

「俺たちゃ旦那の護衛兼案内人なんでやんすよぉ！　どっかに行くんだったら言ってからにしてくれないと困るでやんす！」

「にしちゃあ、随分とゆっくりだったじゃねぇか」

「それでも、でやんす！」

ちゃんと聞いてるでやんすか？　と人差し指を立ててガスパールに説教をしている。その特徴的な話し方、そして声。

「おい、どうした？」

様子のおかしい私を気遣うキースの声。でも私にそれに返すだけの余裕はなかった。風が男のフードを攫《さら》い、記憶と同じ顔が顕《あら》わになり、

「……ャ……！」

ンス、と声に出さず私は叫んだ。それにもかかわらず、まるでその声が聞こえたように彼は顔を上げた。

「久しぶりでやんすねぇ、姐《ねえ》さん！」

視線の合った私にあの日と同じように出っ歯が印象的なニカッとした笑みを向けてきたヤンス。心臓が嫌な音を立て始め、膝がガクガクと震え出すのがわかった。

自分でもなぜこんな感覚に陥るのかわからない。彼との思い出は決して悪いものばかりではなかった。むしろ助けられたという認識すらあったのに。

そして、そんなヤンスの隣に馬を止めたもう一人の男。ザワザワと足の指先から這い上がってくる、この気持ち悪さ。フードを脱がなくても簡単に想像ができた。そしてそれはきっと正しい。ヤンスと違い、ゆっくりと自分の手でフードを脱いだ男は死んだ魚のような光のない目で私を捉える。

「よう、俺の姫さん」

リオの台詞に、ガスパールとキースの視線が集まってくるのがわかった。

第七章

まさかまさかの再登場、親分子分！

「…………リオ…………」

呆然《ぼうぜん》と呟いた。

リオと顔を合わすのは、あの半地下室に監禁されていた時以来だ。相変わらず魚の死んだような目で口元だけで笑い、決して感情を読ませない男。

「なぜ……貴方たちがここにいるの？」

込み上げる気持ち悪さを堪え、私はリオを見据えて問う。

「なぜって、旦那の案内役兼護衛さ。つまりはお仕事、な」

それはさっきガスパールから聞いたから知っている。でも聞きたいのはそういうことじゃない。

「何だぁ、嬢ちゃん。親分子分の知り合いだったんか？？」

「……親分子分？」

「こいつらのことよ。面白い奴らでお互いを親分子分って呼び合ってんだ」

以前はリオを『頭《かしら》』と呼んでいたが、荒くれ者の集団を抜けた以上そう呼べないのは理解できる。でも頭と親分の違いって……。しかもヤンスを子分とは随分安直である。まぁ。

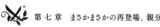

私の『ヤンス』呼びも安直だけど。

「そうなんでやんすよ、旦那。こんな所で再会するなんて、やっぱりと姐さんと親分は運命の赤い糸で結ばれてるでやんすね！」

「あぁ？　赤い糸だぁ？？」

「お前……」

ヤンスの台詞に、ガスパールは何とも言えない微妙な顔をして私とリオの顔を交互に見た。キースなんかは盛大に顔を歪《ゆが》めている。

「ちょいと嬢ちゃん、いくら親分の顔が良いからといっても平民にちょっかいかけるのどうかと思うぜ？？」

何て風評被害！　ちょっかいをかけられているのは私である。しかもガスパールも親分呼びしてるの!?　というツッコミはいったん横に置いて、だ。

「やめてちょうだい。怒るわよ？」

ギロリと睨みつけ、クイクイっと人差し指と中指をガスパールに向けた。知る人ぞ知る、強烈鼻フックポーズである。それだけで何を言いたいのか理解してくれたのだろう、ガスパールは慌てて鼻を隠し、小さく「すまん」と私に言った。

よろしい。ちょっと大人しくしていてちょうだい。

「相変わらずツレねぇなぁ、姫さんよ」

ツレるも何も私たちは友好的な関係ではない。誘拐し監禁した加害者と誘拐され監禁された被害者という関係だ。そもそもそんなに気軽に話しかけられるような立場ではないのを自覚してほしい。

「いい加減にして」

どうして、なぜ、貴方たちがここにいるの。いくら何でもこれが偶然だなんて思えるほど、私の頭はお気楽じゃない。喉元まで込み上げる吐き気を必死に堪えつつ、リオを睨みつける。

「おいおい、嬢ちゃん。どうしたんだ？　こいつらが一体何だっつーんだ。ちょっと変だぞ？」

何も知らないガスパールがそう思うのは当然だ。でも彼らは表立ってではないが、グラン国から指名手配を受けている犯罪者なのだ。

「ふざけないで答えてちょうだい！」

あの屋敷から易々と逃げ出して忽然《こつぜん》と姿を消していた彼らが、私の目の前に現れるなんて偶然というのはどう考えていてもあり得ない。あの事件には不審点がいくつも存在している。まだ解明されていない何かに関係している可能性が大きい彼らが、ガスパールの案内役と護衛という仕事を引き受けるなんて、絶対に裏があると思うのは当然のことだろう。

そう説明しようと口を開きかけて、ハッとキースの姿が目に入った。

「……んもう！」

思わず唸り、この場で説明することはできないと私は口を噤んだ。

あの事件は対外的には、私も誘拐などされていないことになっている。未婚女性が誘拐監禁されたとなれば、それが人々にどんな印象を与えるかなど想像するにたやすい。未来のグラン国国王の乳母《うば》にと求められている私にそんな醜聞もっての外だ。故に私の立場を重んじ誘拐監禁の事実が隠されたのだ。それに伴い同様にシエルの存在があったことも。

私はあくまでも、王弟妃宝飾品を盗んだと冤罪《えんざい》をかけられそうになった被害者、という立ち位置でいなければならない。しかも王宮内で起こった事件だ。グラン国が侮られる要因になるかもしれない話題を他国の人間の前で話すわけにはいかない。

「……私たちの間にあるのは赤い糸とかそんなロマンチックなものでは決してないわ。どちらかというと因縁関係よ」

何て言えばいいのか言葉に悩んで、私はそう言い放った。もっと上手《うま》く言い繕えなかったのかと思えども、才女と呼ばれている私の脳みそなんて所詮こんなものである。

「因縁関係ねぇ。まぁ間違いではねぇなぁ」

くくっと喉を鳴らして含みありげに笑うリオを睨《ね》めつける。すると、不意に香ってきた甘い香りに息が詰まった気がした。それは間違いなくリオがいる方向から来たもの。

「なに……？」

眉をひそめた私にリオが笑みを深めると同時に、また漂ってきた香りにずっと堪えてきた吐き気が強烈に込み上げる。思わず口を押さえてうずくまり、口を手で覆いながら恐る恐るリオに視線を戻して、私に何をした？　と視線で訴えかけた。けれど彼は変わらず暗い目をしたまま笑みを口元だけに浮かべているだけ。

「嬢ちゃん⁉」

「おいっ！」

ガスパールとキースの焦った声が頭上から聞こえたが、私はそれどころではない。込み上がる強い吐き気と共にぐぁんと世界が回り、それはまるで時間が巻き戻ったような感覚に陥っていく。

「い、や……っ」

必死にそれに抗うがどんどん引き込まれていき、それは未知の感覚だ。

「しっかりしろ、嬢ちゃん！」

「おい！」

ガスパールとキースの私を呼ぶ声が段々と遠ざかっていく。現実的にそんなはずはない。ガスパールもキースもすぐ側《そば》にいた。そう、いたはずなのに気がついた時にはあの半地下室が眼前に広がっていた。

背筋に流れる汗の冷や汗。ひゅっと息を呑み、いや、呑んだ気がしただけだ。呼吸ができているのかさえ曖昧なくらい身動きができなかった。手足の先から体温が何かに奪われていくのにどうしようもなく、視界に映る全てが歪んで自分が立っているのか座り込んでいるのかさえもわからなくなった。ただただ理解のできない恐怖が私を襲う。

あの日あの時、かすかな光の中で熱と痛みでうなされる女性と、かび臭い部屋で必死に恐怖と闘っていた。深夜に忍び寄る人の気配と、けたたましく叩かれる扉と回されるドアノブ。逃げたくても監禁されている以上どこにも逃げ場はない。

もし扉が開かれでもしたら、と考えただけで気が狂いそうだった。どうか鍵が壊れませんように、早く諦めてくれますようにと願い続けていた、そう『あの時』のことだ。つまりは過去の話。

恐怖に震える私の頭のどこかにいる冷静な思考が、これはフラッシュバックだ、と気がつかせてくれた。だって私はもう半地下室にはいない。一緒にいたうなされた女性も既に救い出され修道院に入ったと私は知っている。

身の毛もよだつ、あの男の舐《な》め回すかのような視線と首筋から頬に向かって走ったあの感触。未《いま》だに私をこんなに悩ませているのだと、私の中でこんなにあの時の恐怖が燻《くすぶ》っていたのか、と自覚せざるを得なかった。これが間違いなく、私を男性恐怖症にさせた元凶だ。

それを自覚した私の中から噴き出すように怒りが込み上げる。悔しい、悔しい。この程度の男に恐怖を感じているなんて、私はそんなに弱い女じゃない、と。それは恐怖を凌駕《りょうが》する勢いの怒りだった。

次第に遠くから、いやもしかしたら近くからかもしれない。私の怒りに同調するように、わぁんわぁん、と膨張した音が聞こえてきた。それは獣の鳴き声のようにも、無機物が奏でる音のようにも思えた。それに紛れて聞こえてきたのは人の声だ。

キースの声ではない。ガスパールの声でもない。

――――……ぁ……ぃ……………ぇ

はっきりとは聞こえない。でもこの声の主を私は知っていると、なぜか確信めいたものがあった。必死に耳を澄まして聞き取ろうとするのに、声は遠ざかっていくばかり。待って、と引き留めようとしたのに口からは音が出てくれはしない。

誰？　何が言いたいの？　私にどうしてもらいたいの？　心の中で問うけれど、その声は答えてはくれず、また問うたくせに答えを聞くのが怖いとも感じている自分もいた。だけど、それが何。答えを聞くのが怖いなんて下らない、と私は自分を奮い立たせ、わぁんとした雑音にかき消された声に、言いたいことがあるのならはっきり言いなさい！　そう強く怒りをぶつけた。

訪れたのは一瞬の静寂。そして、わぁんわぁん、とした雑音をかき消すほどの耳をつんざく悲鳴に意識が浮上した。

始まりも唐突であれば、終わりも唐突。

「嬢ちゃん⁉」

「……ぁ……、ガ、スパール」

視界いっぱいに映る焦った顔をしたガスパール。正面にはキースが、その両隣ではリオとヤンスが私を覗き込んでいた。

「………？」

思考が上手く動かず、今の状況が瞬時に理解できなかった。

背中が温かい。まず思ったのがそれ。なんで温かいのだろう、と何となく視界を見回して、自分がガスパールに抱き込まれる形で横たわっていることに気がついた。

「姐さん、これをゆっくり飲むといいでやんすよ」

口元に持ってこられたのは水筒だ。それが傾けられ口の中に冷たい水が流れ込んでくる。

「……ランカ水？」

酸味のあるすっきりとした清涼感に小さく私は呟く。

「ランカ水って何でやんす？　これはただのレモン水でやんすよ」

ケラケラと声を立てて笑うヤンス。そういえばランカ水は海を隔てた南の国にある解毒作用のある果物だとシエルが言っていたのを思い出す。そんな珍しいものをヤンスが日常的に持ち歩くなんてできるはずはないよね、となぜか私は納得してしまった。どうしてこれをランカ水だと思ったのだろう、とも。

「あぁ、あれだ」

やけに豪奢《ごうしゃ》な部屋でシエルと一緒に囚《とら》われていた時、重い空気の中どこからともなく現れた時のヤンスがあまりにも滑稽で印象的だったせいだ。何だっけ？　ジャジャジャーンとかキラーンとかの効果音を自分の口で言っていて、終いには『オイラ参上！』だったかしら。あの時はびっくりしてそれどころではなかったけれど、思い返すと笑えてくる。

「ふふ」

思わずの思い出し笑いに、ガスパールたちが怪訝な表情をしたのにすら私は気づけない。

「姫さん」

ぼうっとしていると、リオの声が聞こえた。

感情の読めない男。第一印象はあの人によく似ていると思った。

いつ見ても笑顔を浮かべているのに、目の奥が凍えそうなほど冷たい人。『つまらない』や『退屈』を極端に嫌い、『楽しい』『面白い』だけを追求する人。他人が不快になろうが悲しんでいようが、自分の心が躍ればそれで良しと胸を張って言える人。愉悦の為なら毒さえ飲み干してしまうような、どこか感情の欠落した人。そして私がこの世で一番嫌いな人。

リオのせいで、せっかく楽しかったのに思い出したくない人の顔が頭に浮かんで気分は急降下で氷点下に落ちた。

「姫さん」

今度はやたら近くから私を呼ぶ声が聞こえて焦点をそこに合わせていると、さっきまで手に届く距離にいなかったはずのリオが右隣から覗き込んでいるようだった。

頭に浮かぶのは、我がグレイシス家メイドのメアリの言葉。

『ここだっていうタイミングの時に乗っかることです。逃げちゃ駄目ですよ』

こんな時に思い出す言葉ではないはずなのに、ここっていうタイミングだ、チャンスだ、そう思ってしまった。

意識を集中させるのは右手。特に人差し指と中指は重要だ。

「リオ」

にっこりと微笑《ほほえ》みかける。あと少し、もう少し近づいてくれさえすれば、と。右手を持ち上げ、視線を外さないままゆっくりとリオに向かって伸ばす。

「……姫さん？」

怪訝そうな顔をしたリオに、今だ！　と右手をリオの顔中央にある穴二つ目がけて垂直に振り上げた。先に延ばした左手は囮《おとり》である。いける！　そう思ったのに、

「いぃぃぃぃったぁ！」

なぜか呻《うめ》いたのは私の方。

「おっと、危ね」

飛び退《の》いたのはリオだけじゃない。私を抱えていたガスパールも、だ。おかげで私は放り投げられて地面に叩き付けられたのだ。

「…………………………すまん、嬢ちゃん」

呻く私の耳に聞こえてきたのはガスパールの消え入りそうな謝罪。

「体が、その、無意識に、な……？」

この、覚えておきなさいよ、ガスパール。

「ぶわっはっはぁ！　さすが姐さん！　親分に向かってそれは姐さんにしかできないでやんすよ！」

お腹を抱えヤンスは爆笑し、ガスパールのせいで失敗に終わった強烈鼻フックに思いっきり舌打ちをした私。そして、

「くく、正気に戻ったようで何よりだ」

リオは飄々《ひょうひょう》とした態度を崩すことなく、そう言った。

「あとちょっとだったのに……」

痛む体を起こしながら愚痴がポツリ。その愚痴に更に爆笑するヤンスをよそに、

「いきなり倒れたと思ったらこれかよ。お前一体何なんだよ」

と呆れた、いや、どちらかというと未知の生物を見るような目のキースに私は小首を傾げた。

「倒れた?」

誰が? そう思って、さっきまでガスパールに抱き込まれる形で倒れ込んでいた自分を思い出す。

「……………私が倒れたの?」

「他に誰がいるんだ。お前が地面に這いつくばっているのがいい証拠じゃないか」

キースの言う通りである。

「お前、ちょっと変だぞ。自覚があるか?」

「失礼ね」

まぁ強烈鼻フックが淑女の行動ではないことは確かだ。けれどガスパールが無意識に鼻フックに慄《おのの》いてしまったように、私のこれだって頭が朦朧《もうろう》としている中での無意識というか深層心理からくる行動だと思えば、そう変なことではない……と思いたい。

私は重い体をゆっくりと起こして、記憶を辿った。

「そう、だ」

確か意識を失う前に甘い香りがリオからしてきて、と思い出した瞬間にぞわっとした悪寒が走る。

「おい、大丈夫か。俺の声が聞こえているか？」

悪寒を逃がすように二の腕をさすっていると、キースが腰を曲げて私の顔を覗き込んできた。その瞳には私を心配する色がある。けれどそれ以上にキースの顔色がなぜか悪い。

「大丈夫よ。ちゃんと聞いているわ」

差し出されたキースの手を借りて体勢を整える。間近に見えるキースの無駄に整った顔に、中身は思い込み激しい勘違いちゃんなのにねぇ、と思考が横にずれる。えっと、何の話をしていたかしら？　まだまだ頭がしゃっきりとしていない。

「リオ」

あの甘い香りがした瞬間に急激に気分が悪くなったのだ。それがきっかけだったのは間違いない。

「ちょっとこっちに来てちょうだい」

「その右手が俺の鼻を狙わないって約束できるなら行ってやってもいいぞ」

「……約束するから来てちょうだい」

私が本当に強烈鼻フックをお見舞いしてやりたいのはリオじゃない。でも、ちょっと口惜しかったりする本音は内緒だ。

「ほら、ご要望通り来てやったぞ。何だったら抱きしめてやろうか」

「それに私が、うん、と頷くと本気で思っているわけではないわよね」

馬鹿なの？

「いいから、少しじっとして」

私が吐き気に襲われた時のあの甘い香りがすごく気になる。確かにリオから香ってきたように思えたそれは、どうしてなのか鼻フックを仕掛けた時には何も香ってこなかった。てっきり香水を付けているのかと思っていたが、手が届く距離にいても無臭だ。あれは一体何の匂いだったのだろうか。どこかで嗅いだことのある香りなのに思い出せない。

「ご要望のままに、ふくく」

私は恐る恐るリオに手を伸ばした。もちろん先ほど仕留め損ねた鼻フックの為ではない。約束は破るものではなく守るものですからね。

ちょん、と人差し指でリオの腕を突いて、今度は少し強めにツンツン。やはりなんの香りもしない。むしろ無臭すぎて気味が悪い。普通、道中なのだから汗や埃《ほこり》の匂いくらいしそうなものなのに。

「くくくく」

堪えきれないリオの笑い声なんて気にしませんとも。好きなだけ笑いなさいな。私にとっては大切な確認作業ですから。

「……ふむ」

今のところ、さっき感じた悪寒やぞわざわする気持ち悪さは込み上げてこない。大丈夫そう、と確信した私は思いっきり手のひらをリオの腕に押し当てた。

「くく、何か感じたか？」

頭上から降ってくるリオの笑いを含んだ声に、私はにっこりと笑みを返す。

「なーんにも！」

確かめてみて、あれは幻覚臭だったのだと私は結論づけることにした。不覚にも倒れてしまったのは、リオに再会したがゆえに起こったフラッシュバックのせいだ、と。

「………ん？」

フラッシュバックのせい、だよね。何か引っかかる。でも何に？

「姐さんってば積極的でやんすね！」

「子分は黙ってなさい」

「酷《ひど》いでやんす！」

下らないことを言うヤンスに違和感が霧散した。きっと気にするまでのことではないのだろう。

「何をしているんだ……？」

「ちょっと、ね。検証してみただけ」

「検証、だと」

「そう。リオが私に何かをしたのかと思ったのだけど……違うみたい」

私がそう言うとキースはますます顔色を悪くした。

「それじゃあ……なぜ？」

倒れたのかって？

「さぁ？」

私だってフラッシュバックが突然起こるなんて予想もしていない。あの事件の後、私を悩ませたのは男性恐怖症だけだと思っていたのだ。まさか、こんなにも私の心の傷になっているとは自分でもびっくりだ。過去、何度も命の危機に晒《さら》されてきたけれど、フラッシュバックなんてものを起こしたことなどなかったのに。

「でも考えてみれば元々体調は悪かったのだし、色んなことが起こりすぎて一気に負担がかかっただけよ。だから大丈夫」

「大丈夫って、倒れたくせにどの口が言えるんだ？」

「この口よ」

自分の心の傷を自覚したなら、あとは克服するだけだ。こんなものに屈するなんて私のプライドが許さない。体調の悪さに関してはガスパールが薬を持っているはず。ほら、問題ない。

大丈夫と言うようにキースに力こぶポーズを披露。らしくないことをしたんだから、そんな顔しないでよ、調子が狂っちゃう。

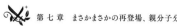

「あー、クソ……」

ガリガリと乱暴に頭をかき、悪態をつくキースの様子。私を変だ、と言うくせに、キースの方がどうも見てもおかしい。

「キース？　貴方、何をそんなに過剰な反応しているの？」

そりゃ少し前まで取っ組み合いをしていた相手が突然倒れたら動揺するのもわかるけど、純粋に私を心配しての反応とは少し違う気がする。気遣っている、というより様子を窺っているという感じだろうか。

「……おまえ、呪いって信じるか？」

「はい？」

唐突に何を言い出すかと思いきや、随分と非現実的ですこと。

「むしろ逆に聞くけど、呪いってあるの？」

呪いたくなる想いというのはあると思う。けれどそれが現実的に呪いとなるか、といったら疑問だ。

「俺様だってそう思っていたが……、お前が目の前で二回も倒れるから！」

「二回……？」

倒れたのは今日の一回だけですが？

「昨日だ。お前が先に眠ったと思っているようだが違う。倒れたんだ」

「はい？」

昨日といったら、あの隠れ家でだ。まさか、と記憶を辿ろうとして何も思い出せないことに気がつく。

「あら、まぁ!」

自分でもびっくりである。倒れた自覚も何も今の今まで何の疑問も覚えなかったのだから。

「それは、ごめんなさい」

キースからしたら、追われている最中に私が倒れるとか迷惑千万だよね。危機感が足りない、というか申し訳ない。自己管理ができていない、と叱られても仕方がない。

「怒っているわけじゃない」

はて、それなら何が言いたいのだろう?

「ちょいと待った。今聞き捨てならねぇこと言ってたな。嬢ちゃんが倒れた? しかも二回目だと!」

私から報復に警戒して少し距離を取っていたガスパールが急に声を上げた。

「道理で嬢ちゃんの体が熱いって思うはずだぁ」

そしてズカズカと私に近寄り、私の両頬を了解もなく挟み込んだ。

「にゃぅ!」

その勢いでつい口から出てしまった変な声にヤンスがまた大爆笑をしている。覚えていなさいよ!

「顔色が悪ぃ悪ぃとは思ってたがな、取っ組み合いの喧嘩するわ、威勢のいい啖呵《たんか》きるわで元気だしよ、ちょいと疲れてるだけかと思いきや、嬢ちゃん熱あんじゃねぇか！」

「「へ？」」

私とキースで同じ目をしてガスパールを見た。

「熱、だと……っ」

そういえばずっと寒気がしていた。更に言えば体は重いし喉もやけに渇く。どう考えても風邪の症状である。

「真っ白い顔して、あっつあつだな！」

「だから変にテンション高かったでやんすね～！　なんか変だと思ってたでやんす」

ヤンスが私の何を知っているのよ、と突っ込みたくなる台詞ではあるが納得している自分がいるのも事実。っていうか、そろそろ私の頬から手を離して、ガスパール。

「だよなぁ。嬢ちゃん人見知りだから、仲良くねぇとそんな態度取らねぇもんよ。俺ぁ、てっきり昔ながらの知り合いだと思ってたんだが違うんだろ？」

離して、とペシペシ叩いて合図をしているのに、一向に離す気のないガスパールはリオたちを見やり訊《き》いた。

「因縁、があるくらいだからな、くく」

「仲良くはなりたいとは思ってるでやんすよ。ね、親分！」

「なぁ、子分」

うんうんと頷く二人に、仲良くする気もないわ！　と言い返してやりたいにのガスパールの手が邪魔をする。んもう、私の頬なんて触っても楽しくないでしょ!

「熱……、熱か。そうか、そうだよな……」

俺様としたことが……、となぜか納得しているご様子のキース。ますます意味がわからない。

「兄さんが言った呪い、っつーのはさっきの悲鳴と関係があるんじゃねぇ?」

リオが片眉を上げて、そう言った。

「ちめぃ……?」

「「ぶはっ!」」

三人して吹き出さないでよ。吹き出さなかったのは変に神妙な顔をしているキースだけってどういうことなの。私は悲鳴って言いたかったの! それなのにガスパールが手を離してくれないからこうなったんじゃない、もう! むかっ腹が立って思いっきりガスパールの手の甲をつねってやる。

「いってぇ!」

「さっさと離さないガスパールが悪いのよ」

やっと解放された頬をさすりながら吐き捨てた。ふん、いい気味ね。

「それで、悲鳴って何のこと?」

悲鳴ってことは、私たち以外の誰かがいるってことでしょう? それも悲鳴とは穏やかではない。

「姫さんは聞こえてなかったのか？」

「丁度姐さんが目を覚ます直前くらいでやしたかね、すっごい悲鳴が聞こえたでやんすよ！」

私が目を覚ます直前。そういえば耳を塞ぎたくなるほどの不快な声を聞いた気がする。

「……夢だと思っていたわ」

悲鳴がしたにもかかわらず、私を覗き込んでいた四人が慌てもせずにいたものだから尚更。

「キース、そうなの？」

その悲鳴が呪いと関係があるのか、私はキースを見上げて問う。だが彼は眉を寄せて口籠もり話そうとしない。

「……俺の口からは話せない」

つまりは何か隠さないといけない事実があるということだろうと私は察した。私だってキースにグラン国での一件は話せなかったのだから、同じようなものだろうと思ったのだ。

「別に強制はしないわ。話せないのならそれでもいい」

どうしても聞きたいというわけでもない。今私たちがしなければならないことは他にあるからだ。それに関係しないのであれば追及はしないし、そもそもクワンダ国騎士のキースが話せないということを無理矢理聞き出す必要もない。わざわざ首を突っ込むのもどうかと思うし。

「そういうわけにもいかないんじゃないでやんすかね〜？」

「どうしてよ。話せないというのだから別に構わないでしょう。それとも何？　そんなに呪いが好きなの？」

「そんな物騒なもん好きじゃないでやんすよ！ 兄さんの顔がそう言ってるように見えないでやんすし……」

ほら、と耳を澄ますようなヤンスの仕草に倣って私も耳を傾けた。

「……え？」

少し強い風が私の髪を揺らし、その風に乗って聞こえてきた人の声。

「泣き声……？」

悲鳴ではない。どちらかというと子供の泣き声に聞こえる。そう思いきやまた風が吹き、今度届いた声は男性の低い悲鳴。風が吹くたびに少しずつ、けれど確実にその声は大きくなり増えていった。

「ちょちょちょ、やだやだ、やめてよ」

思わずガスパールの腕にしがみつく。呪いとか非現実的なことは信じていないけれど、これはちょっと気持ちが悪い。段々と増えていく数々の悲鳴にパニックを起こしそうになる。

「本格的に泣き始めたな……くそっ」

キースは悪態をつき、私たちを見回した。

「この先に風を凌《しの》げる場所がある。そこで話そう」

なんで風を凌ぐ？ と思ったその瞬間、強い風と共に一際大きい悲鳴に硬直する私。

「そうすっか。この風は嬢ちゃんの体にあんま良くなさそうだしな」

「でやんすねぇ」

キースの提案にそう言ったガスパールは私をひょいっと担ぎ上げた。

「ちょ……、下ろして。歩けるわよ！」

「どっちに行けばいい？」

「ついてこい。先導する」

私の抗議は無視である。まぁ楽と言えば楽だけれど、どうしてダグラス様といいガスパールといい縦抱っこなのか。子供扱いされている気分になる。

ふと先導するキースを見やり、まだ表情が硬直していることに気がついた。

「キース……？」

私のキースを呼ぶ声は風にかき消され届かない。けれど、

「呪いなんてあるわけがない……ないんだ」

そう呟いたキースの台詞は、私の耳にしっかりと届いたのだった。


案内された場所は、私たちがいた所から少し進んだ先にあった。そこは大きな岩と大木がドーム状に覆われていて、風だけではなく雨も凌げそうだ。現に悲鳴や泣き声も無音とまでは言わなくても、まるで屋内にいるかのように小さくなっている。

「ほぉ、自然にできたものに人の手を入れたのか」

ガスパールが周囲を見回し、こりゃ見事だ、と唸った。

「この先の廃村までの休憩所にと作られた場所だ。野営もできる」

つまりは何だ。今日はもうここで一泊するという意味だろうか。早くグラン国一行と合流したいと気は急《せ》くものの、自分の体調を顧みると無理はしない方が良いだろう。急がば回れ、だ。

「おっと、忘れるところでやんした！　はい、姐さん。お水でやんす。しっかり水分を摂《と》らなきゃダメでやんすからね」

「あ、ありがとう」

「どういたしまして、でやんす」

にっかりとした笑顔と共に渡された水筒。もっと警戒しなくてはいけないと思っているのに、どうしても毒気が抜かれてしまう。ヤンスはそんな私をよそに慣れた様子で火を焚《た》き始め、リオはふらっとどこかに行ってしまった。

「嬢ちゃんはここでゆっくり座っとけな」

ガスパールは馬車から下ろしてきた毛布を丸めた場所に私をゆっくりと下ろし、更にもう一枚毛布を体に巻き付け、

「ちっと離れるけどよ、良い子にしとくんだぞ」

と、私の頭を乱暴に撫でてから一緒に来た仲間の元に駆けていった。多分何かしらの指

示を出しに行ったのだろう。私たちから少し離れた所に馬車を置き、数人の男たちが野営の準備をし始めたのはわかった。

「別に逃げないのに、もぅ」

そんな子供扱いしなくても、と思わず口が尖《とが》る。

「そんな口尖らせておいて、お子様扱いされても文句は言えないでやんすよ」

「……………ちっ」

「こら、姐さん。女の子が舌打ちなんてしちゃダメでやんす！」

無意識の産物にいちいち文句つけるんじゃないわ。そう言い返そうと口を開きかけ、だが目に入ってきた真っ白い顔したキースに言葉を仕舞った。

「ほら、キースも座りなさいよ。疲れたでしょう？　はい、これを飲むと良いわ」

私に促されるがままに正面に座ったキースに、先ほどヤンスに渡された水筒を差し出す。

「レモン水ですって。口がすっきりするわよ」

「……助かる」

水筒を受け取ったキースはぐいっと水を呷《あお》り、そしてほぅっと息を吐いた。

「少しは落ち着いた？」

「……あぁ」

しばしの沈黙が降りる。ちらりと視線をやっても、少しもこちらを見ようともしないキース。昨日までの無駄に自信過剰な言動をしていた彼はどこに行ってしまったのか。

「ねぇ、そういえばキース」

私はおもむろに話しかけた。

「何だ？」

「さっきのことなんだけど……」

そう言いかけるとキースが目に見えてギクリと体をこわ張らせたのがわかった。けれど私はそれに気づいていないながらも無視して真剣な声音で訊いた。

「ガスパールとの間に何があったの？」

と。瞬間、ぽかんと間抜けな表情になったキース。

「…………は？」

「は？　じゃなくて、さっきよさっき。あれだけ疑っていたのに急に態度を変えちゃうんだもの。ちょっと理解が追い付かなくって」

それを当たり前に受け入れたガスパールにもびっくりしているわけよ。理由を聞きたいと思っても不思議ではないでしょう？

「…………え、いや、お前……」

「何よ」

そんなに変な顔して、せっかくの美形が台無しである。まぁ、ね。多分『呪い』について訊かれると思ったのだろうけれど、話したくないなら構わないと私は言ったはずだ。

「それで、どうしてなのか説明してちょうだい。さっきから意味がわからなさすぎて気持ち悪いのよ」

それともあれかしら、私には理解のできない世界が貴方たちには見えているの？ と小首を傾げて窺うと、キースは急に顔を背けブハッと噴き出した。

「え、やだ、なんで笑うの？」

そんなに変なことを言った覚えはないのだけれど。

「さすが姐さんでやんすねぇ」

ヤンスまで⁉ と目を見張る私をよそにキースは馬鹿笑いしているし、ヤンスはヤンスで何か小さな子供を見るような温かい眼差しを向けてくるわで、とてもじゃないが解せない。

「何よ、二人して……」

馬鹿にされているみたいで気分が悪い。

「おぉ、何だ何だ。随分賑《にぎ》やかじゃねぇか」

むくれているとキースの笑い声を聞きつけたガスパールが戻ってきた。

「いやぁ、姐さんの天然砲が炸裂《さくれつ》しやしてねぇ、にいさんがツボっちゃったでやんすよぉ」

その説明じゃ伝わらないでしょうに、と思った私の予想とは裏腹に、

「あぁ、嬢ちゃんのすっとぼけたやつか。たまに出るんだよな、がはは」

で、ある。正しくガーンという衝撃を受けましたとも、ええ、とてつもなくね！

「何よ、気になったから訊いただけじゃない……」

天然砲って何よ、すっとぼけたやつって何よ。私は至って大真面目ですが⁉

「いやいやいや、姐さん。旦那たちが何をしたかなんて知りやしませんけど、まず気にしないといけないのは『呪い』でやんしょう？」

「でもそれは話せないとキースが言ってたじゃないの」

無理に聞き出す必要はないでしょうに。いや、私だって気にならないわけではないけれど、ねぇ？

「そうでやんすけどね、普通の女の子だったらこんな悲鳴とか呪いとかよくわからない恐怖体験に泣き叫んでパニック起こしてもおかしくないでやんす」

「……それは私が普通の女の子ではないと？」

年齢的に女の子ではないかもしれないけれど、喧嘩売られているのかしらね、これって。

「そうじゃないでやんすよ！　姐さんは怖くないんでやんすかってことです！」

そんな冷たい目で見るのやめてほしいでやんすよ、とヤンスは眉尻を下げる。

「怖がる理由がないわ」

「さすが姐さん、肝が据わってるでやんす」

ヒューヒューと口で囃《はや》し立てるヤンスに、私はため息一つ。

「あのね、肝が据わるも何も、これって悲鳴とか泣き声に聞こえるだけの風鳴りでしょ。何が怖いのよ、馬鹿らしい」

そりゃ最初こそ気味が悪くてパニックを起こしそうになったけれども、ここに移動するまでに冷静になって考えてみれば何にも驚くことはない。

「気がついていたのか……？」

ようやく笑いの発作が収まったのだろう、キースがびっくりした顔で私に言った。

「え、だって風と悲鳴が連動しているのだもの。嫌でも気がつくわよ」

風が弱く吹けば小さな泣き声。強い風が吹けば甲高い悲鳴。風向きが変われば唸り声。そして無風時には何も聞こえてこなかったのだから。

「どこかに風の通り道でもあるんじゃないかしら。そのせいで風鳴りが変な風に聞こえてしまうのよ」

風に乗ってくる仄《ほの》かな潮の香りから、海風が強く吹きつけた時に鳴っているのだろうと予想。

「薄気味悪いことに変わりはないけれど、風鳴りだって理解したら怖がる必要なんてないでしょう？」

それに、と私は言葉を続けた。

「呪いなんてあるわけないわ。そんなものがあったのなら、私はとっくの昔に死んでるわね」

自嘲で申し訳ないが不特定多数から恨まれている自覚はあるのだ。たとえそれが理不尽なものであっても。

「ガスパールたちも気づいていたでしょう？　動揺一つしていなかったんだから」

それなのに、私が怖がらないことに文句つけられても、ねぇ。

「さすが嬢ちゃんだなぁ」

「私が泣き叫んで困るのは貴方たちでしょうに」

恐怖に陥った人間を宥めすかすのは根気がいるわよ。私が冷静であることを感謝するのね。余計な労力を使わずに済んでいるのだから。

「だからキース。『呪い』のことに関しては無理に話さなくても結構よ。あ、でも必要があるのなら聞かせてもらうけれど、今の私たちにその話は必要かしら？」

キースに尋ねると、彼は小さく首を横に振った。

「助かる」

そう言うキースだが、まだ様子がおかしい。

「他に何か問題があるの？」

この際だからすっきりさせちゃいなさいよ、と促すと、キースは視線を少しだけ彷徨《さまよ》わせ、

「……お前のたまに見せる聡明《そうめい》さに錯覚を起こしそうになる……」

と眉間を揉《も》みながら言った。錯覚とは？　と首を傾げる私に、キースは自分の考えを振り払うように頭を振る。

「いや、気にしないでいい」

「あら、そう。ならこの話はお終いね」

気にしなくていいと言われたら気にしませんとも。私たちが優先すべきなのは、呪いなんて不確かなものではないし、更に言えば何を錯覚したのか知らないけれど、何となく腹が立ちそうな予感がするので追及はしません。

私はパンと手を鳴らして場を仕切り直した。

「では、今の私たちに必要な話をしましょう」

私たちの最優先事項である、どうやって期日までに王都入りするか、をね。

「その前に確認しておきたい。兄弟が協力してくれるのは理解しているが、彼らはそれに同意しているのか？」

「そりゃ嬢ちゃんの頼みを俺らが断るわけねぇよ。もちろんあいつらも気持ちは一緒だ」

嬢ちゃんにはそれだけの借りがあるんだ、と少し離れた場所で野営の支度をしている仲間たちを親指で差しながらガスパールは笑う。会話が聞こえていたのだろう仲間たちがこちらに手を振ってきたのは同意しているという意思表示だろう。私はその心意気が嬉《うれ》しくて手を振り返す。

「だが彼らは？」

そうキースが指差すのはヤンスだ。

「あ、オイラたちでやんすか？」

鍋に火をかけていたヤンスはきょとんと目を丸くさせ、

「よくわかりやせんが大丈夫だと思うでやんす」

と、軽く言った。

「だが君の雇い主は兄弟の商談相手なんだろ。勝手なことをしてもいいのか？」

それを私だって考えなかったわけではない。

ガスパールに同行しているとはいえ、リオとヤンスは私に手を振ってくれた仲間たちとは違う。あくまでも彼らの主《あるじ》はクワンダ国貴族なのだ。そして私にとっては因縁の相手であり、またグラン国では指名手配犯だ。安易に協力をお願いするには信用がなさすぎる。

だが、しかしだ。

「君たちが協力してくれると心強いんだが……」

そうなのだ。何を企《たくら》んでいるのかわからない二人だが、命を狙われている身としては腕の立つ彼らが味方でいてくれると助かりはするのだ。

「っていうか、今更じゃないでやんすかね？」

ヤンスは火に鍋をかけながら言った。

「オイラたちのお仕事は護衛兼案内でやんす。その対象である旦那が姐さんに協力するんだったら、どっちにしろ一緒だと思うでやんすよ」

まぁオイラたちが優先して護衛するのは旦那になりやすけど、とヤンスは笑う。

「そうだけど……」

目的地は同じなのだ。ガスパールが私の身の安全を守りながら王都入りするのなら、必然的にガスパールを護衛するリオたちも私のことも守らなくてはいけない。

「問題なのは姐さんがオイラたちを信用できるかってことでやんすよ」

ヤンスの台詞に一斉に視線が向けられる。

「私が信用しないと協力はできないって意味？」

「そうは言ってないでやんすよ。今更だって言ったでやんしょ。ただ、姐さんはオイラたちに命を預けられるんでやんすか？　って訊いてるでやんすよ」

そう言われて私は顔を逸らした。

「信用できない相手に命を預けるのを無理強いはできないでやんすし、オイラも預けられても困るでやんす。逆にこっちの命が危なくなるでやんすからね」

言いたいことはわかる。自分を信用していない人間を守るというのは至難の業であるとダグラス様から嫌になるくらい教えられたことがある。その危険性もだ。

「……それはわかっているわよ……」

でも信用なんてあるわけがない。いくら助けられた記憶があっても、ガスパールがこの二人を悪い人間じゃないと言っていても、頭の中に過るのは半地下室に倒れていた彼女の姿。あの時、ヤンスは一切手を出していないと言っていたけれど、彼女が酷い目に遭うのを傍観していたのだ。そんな彼に対して命を預けられるかと聞かれても、答えはノーとしか言えない。

「そんなに仲が悪いようには見えないが、彼らはそんなに信用できない人物なのか？」

キースが私に問う。

もし二人との出会いが違うものだったのなら、もっと私の反応は違ったはずだ。例えばそう、これが初対面だったならこんなに言葉に詰まることもなかった。リオはともかく、ヤンスの人柄は嫌いじゃない。正体が不明すぎて信用するだけの材料が少ないのだ。

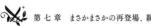

「姫さんが俺たちを信用しないのは正しいさ」

いつの間に戻ってきたのか、リオの声に私は振り返る。

「あ、親分お帰りなさいでやんす！」

「おう、これ土産《みやげ》な」

そう言ってリオが放り投げたのは野ウサギである。

「さっすが親分、これで美味《おい》しい夕飯作るでやんすね」

ホクホクと野ウサギを受け取ったヤンスは嬉々《きき》として捌《さば》き始めた。そんなヤンスをよそにリオは私を背後から覗き込むようにして腰を屈め、

「ひーめさん」

と、にやりと笑った。

「良いことを教えてやるよ。これを聞けば少しは考えが変わると思うぜ？」

にやにやにや、とその不気味な笑みに思わず尻込みをしてしまう。

「な、何よ？」

「俺たちの雇い主って誰だと思う？」

「え？」

この意味深な言い方からして、ガスパールとの商談相手であるブランドショップを経営している貴族とは私の知っている人物なのだろう。そして私が思い当たるのはただ一人だ。

「ま、さか？」

恐る恐る問うと、リオはますます笑みを深め朗々と話し出す。

「高位貴族に生まれながら爵位を受け継ぐことなく、自分の力のみで新たに爵位を授かった類い希《まれ》なる美貌を持った実業家」

リオの芝居じみた台詞に、在りし日の鮮やかな蜂蜜色の髪をなびかせた彼の人の姿が脳裏に蘇《よみがえ》る。

「通称テイラー男爵夫人。姫さんの旧友だ」

愕然《がくぜん》とした。それはもう本当に愕然と。

「気持ち悪……」

そんな愕然とした私の口から飛び出してきたのは、この一言である。

「ちょちょ、嬢ちゃん。テイラー男爵夫人ってのはそんなに気持ち悪ぃ奴なのか⁉」

そしてそれに焦ったのはガスパールだ。そりゃそうだ。これから会う商談相手が気持ちの悪い人だなんて聞いたら焦りたくもなるだろう。

だが、そうじゃない。

「テイラー男爵夫人は素敵な人よ。商談相手としては最高よ。それは保証するわ」

というか、ガスパールも知っている人物なのだがあえてそれは言うまい。

「あ？　どういうこっちゃ？？」

リオが言ったように、テイラー男爵夫人と旧友であることは間違いない。クワンダ国に留学した時から今の今まで、本当に仲良くさせてもらってきた大好きな友人の一人だ。だが、グラン国王妃筆頭侍女の私と、クワンダ国屈指の実業家テイラー男爵夫人が公の場で顔を合わせたことはない。頻繁に会える距離ではない私たちの友情は文通という手を使って育んできたのだ。つまりは、だ。

「私の交友関係を調べたのね……？」

公言していない私の交友関係を知っているということは、そういうことだ。

「うっわぁ……冗談抜きで気持ち悪いんだけど……」

あまりの気持ち悪さに二の腕にびっしりと鳥肌である。

「ひでぇ言い方、くくく」

酷いも何も、紛れもなくストーカー行為である。

別にテイラー男爵夫人と旧友であることを隠しているわけではないが、別事情により私たちの仲を知る人は少ないのだ。ましてやリオたちは貴族ではなく庶民だ。公言しているのなら別として、貴族社会での公言していない事実を庶民の彼らが把握しているということ自体が尋常じゃない。

「やっぱり、ここでの再会も偶然ではないのね」

それはもう確信だ。

「いや、まさかこんな所で会うとは俺も思ってなかったさ。クワンダ国のどこかでの接触を考えてはいたけどな」

否定しておきながら結局は肯定である。

「それは何の目的で？」

そこまでして私と関わりを持とうとするのはなぜだ。

「まぁまぁ姐さん。気になる人のことを知りたいっていう欲求は誰だって持ってるもんでやんすよ」

「そんなので誤魔化されると思ってるわけ？」

惚《ほ》れた腫れたの話で煙に巻こうとしているのはバレバレである。

「えー。切ない男心だと思って、姐さんはどんと構えておけばいいでやんすよ。モテる女は辛《つら》いでやんすね、ひゅーひゅー♪って、危なぁ！　火使ってる時に石を投げるのは反則でやんす！」

知るか。イラッとさせるヤンスが悪い。

そもそもリオが私に興味があるような発言をしていても、それは恋心のような可愛《かわい》らしいものではない。だってリオが私に向ける眼差しには一切の恋愛感情は乗っていないもの。いくら恋愛経験皆無な私だってそんなことくらいわかる。

「じょ、嬢ちゃんたちの関係ってそんなんだったんか……俺ぁ、メアリと相棒《ダグラス》になんて言やぁいいんだ……」

「違うわよ、馬鹿！」

変な勘違いをするんじゃないわよ！　というかメアリとダグラス様に何を言うつもりだ、やめてよね！

「テイラー男爵夫人か……。これは好都合じゃないか」

「なっ！」

キースはキースでこちらの都合を完全無視で話を進めていく。

「だよなぁ、兄さんもそう思うだろ？」

「ちょっと待って。キースの言いたいことはわかるけれどちょっと待って！」

ガスパールの商談相手であるテイラー男爵夫人は、リオが言うようにクワンダ国でも屈指の洋裁店を経営している実業家だ。次々と新しいデザインのドレスを生み出し、世に広めていく経営手腕が認められ、男爵位を叙爵されたというのはもちろん私も知っている。そして、テイラー男爵夫人が作るドレスをクワンダ国女王が好んで着用していることも、だ。

つまりテイラー男爵夫人は女王のドレスを仕立てる為に入城の許可が下りているわけで。

「待たん。テイラー男爵夫人の手を借りることができたら、王都入りだけならず城へも楽に入れるんだぞ。それも秘密裏にだ」

だから待ってと言っているでしょう！

「何をぐだぐだと言っているんだ。そもそもお前が先に兄弟、いやガスパールの手を借りると言ったんだぞ」

「わかっているわよ！」

でもその時はまさかリオたちが同行しているとは思わなかったのだ。ええ、ええ、言い訳だってわかっていますとも、そんな目で見なくてもね。私が特例親善大使である以上、最優先させるのは両国の同盟の為に何事もなかったように式典に出席すること。その為に手段なんて選んでいられないのは重々承知だ。

「だって！　なんで何の説明もしていないのにリオたちは話についてこれているのよ！　疑問に思ってよ‼」

当たり前に事情に通じてるって変でしょ！　そう叫んだら、忘れかけていた熱のせいで目眩を起こして体が傾いだ。

「おっと、大丈夫か、姫さん」

倒れそうになったのを支えてくれたのは感謝するけれど、全然大丈夫じゃない。体調が、ではなく、心境が、である。

「なんでそんなに怪しいのよぉ……」

何か裏がありますって公言しているようなものじゃない。

「んなこと言われてもなぁ、子分」

「でやんすねぇ、親分」

困ったなぁ、とわざとらしく肩を竦《すく》めて顔を見合わせる親分子分コンビ。

「親善大使の姐さんがここにいるってだけで、状況を把握するのって十分でやんすよねぇ？」

「更に姫さんがトラブルに巻き込まれやすい体質だって知ってたらなぁ？」

ねー、とあざと可愛い仕草を大の男二人でされても一切可愛くないんですけど。一緒になってガスパールも頷いてるんじゃないわよ、もぅ！

「お前な、いい加減駄々をこねるなよ」

「はぁ？」

まるで子供の我が儘《まま》を宥めるようにキースに言われて唖然《あぜん》となる。これのどこが駄々だというのか。私がリオたちに何をされたか知らないから言える言葉だ。

「姫さん。今の俺たちはテイラー男爵夫人に雇われてるって言ったろ。信用第一の仕事だ。そう馬鹿な真似はしねぇって」

「オイラは絶対に裏切らないって誓ってもいいでやんすよ！」

だがリオとヤンスが続けて言ったこの台詞に、ピンと第六感が働いた。

「……ん……？」

一見、私を丸め込めようとしているように思える台詞だが、違和感を覚える。きっとそれは私にしか感じ取れなかった違和感だ。キースもガスパールも気に留めた様子はない。

「オイラの愛は誓えないでやんすけど、それは親分から、って痛ぇ！」

「だ・ま・れ」

我ながらドスの利いた声である。ひぇ、と縮み上がったヤンスは体を小さくして口を噤んだ。二度と余計な口を利くんじゃないわよ、と視線だけで脅すと、それが伝わったのか首をぶんぶんと縦に振っている。よろしい。

ともあれ、だ。私が抱いた違和感である。

ヤンスはともかく、リオの性格的にあからさまに丸め込みにかかっているという台詞を吐くだろうか。これまで私に対していくつもの意味深なことを言い残してきたリオが?

もしも、だ。これが信用せざるを得ない何かに対しての答えだったらどうだろう。

間近にあるリオをじっと見据えると、彼は先ほどのふざけた笑みではなく、半地下牢《ろう》で最後に見た時と同じ笑みを浮かべている。

「……あぁ、」

なるほど、と私は言葉に出さず心の中だけで頷いた。

リオは私に『こんな所で会うと思っていなかった』と言っていた。そして『クワンダ国のどこかで接触を考えていた』とも。

要するに、私と接触する為にテイラー男爵夫人に雇われたとも取れる。もしかしたらリオにとって、私とここで再会するのが予想外だったのかもしれない。そして私にはクワンダ国王都にいてもらう必要があるんだとしたら、彼らが当たり前のように協力態勢でいることに合点がいくのだ。

「くく」

リオがおもむろに喉を鳴らして笑った。私を見やる視線は真っ暗なくせに、どこか愉悦を含んでいる。『何か』がある、それは間違いない。けれどその『何か』がわからない。

リオは何を企んでいるのか。

「姫さんが何を思おうと、もう今更なんじゃやねぇの?」

ヤンスも同じように『今更一緒だ』と言っていた。それはガスパールの護衛だからという理由ではないとしたら、それは一体どんな意味があるのだろう。考えることが多すぎて頭がパンクしそうだ。

「おい、話を聞いているのか？」

リオとの無言のやり取りに気づかないキースは苛立ち交じりに私の袖を引っ張り、意識がキースに移る。

「……聞いているわよ」

思考を戻そう。いくらリオたちが怪しいからといって、今の優先順位はこれじゃない。

「そう、ね」

私はそう呟いてキースの顔を見上げた。

「癪だけど……」

間近にいるリオにしか聞こえない小さな声でそう言うと、彼は笑みを深める。

「いいわ。覚悟とやらを決めようじゃないの」

テイラー男爵夫人に雇われている身であると強調していたからには、きっとその間は安心して良いはず。だからそれまでは信用してあげる。でも見てなさい。良いようにはさせてあげないんだから！

キッと決意表明をするようにリオを睨みつけると、彼はクク、と喉を震わせる。楽しそうですこと。私は苛立ちを隠しもせずに、私の体を支えたままリオの手を軽く叩く。

「つれねぇなぁ」

「いつまでもレディに触れているからよ」

倒れそうになったのは私なのは自覚している。こんなのはただの八つ当たりなのは重々承知の上での行動である。

私はニヤニヤしているリオを一瞥してから、気を取り直すようにしてガスパールに顔を向けた。覚悟を決めたなら、さっさとこれからの行動を考えるのが先である。

「ねぇ、通行手形はどうなっている？」

通行手形。それは名前の通り、関所を通過する為の通行証である。通常、グラン国民のガスパールはグラン国を出国する為の手形とクワンダ国に入国する為の手形の二通持っているはずだ。それがあるだけで関所それに加えクワンダ国貴族との商談の為となると、恐らくテイラー男爵夫人からの紹介状もあるだろう。それがあれば関所を通過するのが格段と楽になる。

だが問題は二通の通行手形の記載事項である。

ガスパールを含め、人数だけではなく、同行している人全ての性別と年齢が記載してあるのだ。私とキースがガスパール商団に合流する為には辻褄《つじつま》合わせをしなくてはいけない。ちなみに辻褄合わせをするというのは、通行手形に記載されている人物に成り済ますということだ。れっきとした犯罪行為なことは重々承知である。

でも時には犯罪行為に手を染めてでも実行しないといけない事例というものはあるのだ。とはいえ、私だって好き好んで犯罪行為を行いたいわけではない。

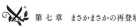

「オイラと親分は個別で持ってやすよ」

ガスパールに訊いたのに、答えたのはヤンスだ。

「それは好都合ね」

「テイラー男爵夫人との連絡手段は？」

私の好都合という言葉の意味を正確に捉えたキースがリオに尋ねた。

「当然確保済みだ」

リオは頷き、私は思いっきりにやりと口端が弧を描いた。半面、リオの用意周到さに気味悪さを覚えてもいたけれども。

「なら私が夫人に手紙を書くわ。……何よ、キース」

「いや、俺からも一筆添えよう。その方が確実だ」

はっはーん、また私を偽物扱いしたな。偽物の手紙では信用されないかもしれないとでも思ったのだろう。ガスパールもリオたちも私《わたし》をマーシャリィ・グレイシスだと認識したうえで話を進めているのに、なぜそこまで頑《かたく》なに信じようとしないのか。自分の理想を崩されたくないとしても頑なすぎだ。

「まぁ、いいわ。手紙は仲介を挟まず夫人に直接渡せる？」

「それなら親分よりオイラが適役でやんすね！」

ひひ、と笑うヤンス。私が眉をひそめてリオに視線をやると、彼は小さく頷いた。リオがそう言うのであれば問題ない。

「そう、なら任せるわ」

協力要請だけではなく、これから行わなければならない犯罪行為《なりすまし》に対しての情状酌量の余地を残しておく為の一筆を認《したた》めるのだ。抜かりはありません。ヤンスが裏切らない限りではあるけれども。

「お任せあ〜れ♪」

「…………」

結構な頼み事のはずなのに緊張感がまるでない。どんなに胡散《うさん》臭くても信用すると言ってしまったからには撤回はしないけれど、思わず冷たい視線を送ってしまった私はおかしくないと思う。

私の視線に気づいたヤンスが、てへぺろと舌を出して誤魔化そうとしたけれど「全然可愛くない」という私のセリフに撃沈していた。

「ねぇ、ガスパール。通行手形を見せてちょうだい。キースならまだしも私が潜り込める余地があるか知りたい」

人数を合わせることができても、年齢性別は誤魔化せない。何とかこれをどうにかできないだろうか。

「最悪、俺の部下に手形を用意させることができるが、その場合俺たちを襲った相手にばれる可能性がある」

「そうよね。できればガスパールの持っている通行手形をそのまま活用したいわ」

安全かつ確実に王都入りをするなら、少しでも危険を遠ざけたい。

「ねぇ、ガスパール、聞いてる？　通行手形を見せてちょうだいって言っているんだけど⁉」

口数が少ないと思いきや、何かを考え込むような顔してどこかに意識が行っているようだった。

「ガスパールってば！」

声を大きくして、やっとガスパールと視線が合った。

「お、おぉ……。ちょっと考え事してたわ」

「今はこちらに集中して！　後でいくらでも考えていいから、まずはこちらを最優先してちょうだい。

「すまんって。あーっと何だ、通行手形な。その心配はいらねぇよ」

ガスパールはそう言った。

「嬢ちゃんはカリエに成り済ませばいい」

「カリエですって？？」

どうしてここにカリエが出てくるのか。ガスパール一行はむさ苦しい男ばかりで、馬車の中にカリエがいる気配もない。というかいたら彼女ならこんな状態の私を放っておくはずがない。懐かれている自信はありますからね、ふふん。

「嬢ちゃん、熱で頭回ってないんか？」

失礼ね。熱で頭の回っていない人間がするような会話はしていない。むしろ今の私はいつも以上に高ぶっていて無敵な気分だ。

「あのな、俺ぁ宝飾品の商談をしに遥々《はるばる》クワンダ国に来てんの。それなのにむさ苦しい男だらけで商談に挑むと思うか？」

　確かにオーナーであるガスパールを筆頭にして、全員なかなかの強面集団だ。その集団の宝飾品商談だなんて何の冗談だと思われるに違いない。

「それはそうね」

「だからな、ちゃんと商談用の見目の良い従業員も男女とも連れてきたんだよ」

「あぁ、なるほどね」

　納得である。だがカリエもいなければ、見目の良い男性も見当たらない。問うようにガスパールを向かって首を傾げる。

「何というか、丁度良いというか、都合が良いというかだな、ここに来る前に立ち寄った村で体調を崩してな」

「まぁ！」

　しかもガスパールが言うには、カリエだけではなく見目の良い男性従業員も同じように体調不良の為に村に残っているらしい。

「そのおかげで山賊に間違われかけはしたが……」

　遠い目をするガスパールから思わず視線を外す私とキース。たとえカリエたちが同行していても人攫いと思われていたと思う、なんて口が裂けても言えない。

「そ、それなら問題ないな。その二人には悪いが体調不良になってくれて感謝したいくらいだな」

キースも同じことを思ったのか、声を上擦らせて言った。

「でもカリエと私では年齢差を誤魔化すのは難しくないかしら」

確かカリエは一〇代半ばくらいだ。私との年齢差は一〇歳近くもあるのだ。さすがに厳しいような気がする。けれど私の台詞に対しての四人の反応は、

「「「問題ない(でやんす!)」」」

である。解せない。

「どっちかつーと、ちとばかし都合が良すぎて気持ち悪ぃよな」

顎をポリポリとかくガスパールのこの懸念には私も大きく同意である。さすがに私の現状に対してここまで都合が合うというのも釈然としないものを感じる。だが、だからといって今の私たちにはこれ以上の選択があるとも思えないのも事実。

「悪い方に考えていても仕方がない」

キースは言った。

「まぁ、そうだよなぁ」

「オイラ、頑張るでやんすよ!」

それに同調するのはガスパールとヤンスだ。

「そうね。でも懸念として頭の片隅には残しておきましょう。今は目的の為に行動するこ

とが大事だわ」

　もし、この都合の良さに何かが潜んでいるとしても、それに対応できるだけの覚悟と準備をしておけばいい。

「じゃあ、あとは俺だな。姫さんは俺に何をしてほしい？」

「……そうね。最初はヤンスにお願いしようと思っていたんだけど、リオにはあいつらの背後に誰がいるのか探ってほしい」

「ほう？」

　ニヤニヤと笑い、リオが視線を移したのはガスパールを襲った三人組だ。すっかり昏倒《こんとう》しておりロープで縛られている。

「姫さん。俺にお願いしたいんだったら、それなりの態度ってものがあるだろ？」

「……何が言いたいのよ」

　さっきは協力するってその口で言っていたじゃない。

「だーかーら、俺におねだりしなって言ってんの」

「？」

　リオが何を求めているのかわからない。はっきりどうしてほしいのか言えば良いのに、と苛立ちを覚えつつも、彼が何を言っているのかしばらく記憶を辿り、

「……あぁ」

　遠い彼方にあったリオとのやり取りを思い出した。

「あんなので良ければいくらでもやってあげるわよ」

それでリオが私の要望に応えてくれるんだったらね、とおもむろにリオの正面に体を向けた。

私を見下ろすリオ上目使いで見つめ、両手を組んで首を傾げようとした時、なぜか自分の意思とは裏腹に体がこわ張ったのがわかった。

「……？」

「どした、姫さん？」

ニヤニヤと催促するリオに、私は小さく頭を振る。

「いいえ、何でもないわ」

きっと気のせいだろう。熱のせいでどこか調子が出ないだけだ。私は気を取り直し、

「リオ、おねがい」

と精いっぱい可愛い声を出して、リオがご要望の必殺おねだりもしくはお願いポーズを披露した。マイラ様のような可愛げなんてものはございませんが、お望みの態度ってこれのことでしょう。何か知らないけれど気に入っていたものねぇ。

「…………ふぅん」

おや、また前回と同じように大爆笑をするかと思えば、感心したようにリオは目を細めた。

「無表情は相変わらずだが、目が潤んでるせいか前回より様になっているな」

「あら、そう？」

「おう、頬もほんのり赤くなってるしな。恥じらいに見えて悪くない」

それは間違いなく熱のおかげである。

「満足できて？」

言いながら反対側にコテン。

「「「ぶほっ」」」

堪えきれず吹き出した背後の三人の笑い声なんて聞こえませんとも。だって、リオ曰《いわ》く様になっているようなのだから良しである。

「くっくっく、いいだろう。姫さんの望みを叶《かな》えてやるよ」

当然です。叶えてくれなくては困りますからね。

「ではリオには賊に扮《ふん》して相手方を探り、更には攪乱《かくらん》もお願いね」

私を笑いものにしたのだから要求を増やされても文句はないでしょう。それにそれくらい貴方の手にかかったら簡単よね、と微笑む。それはどこから来る確証かって、そりゃグラン国近衛騎士に包囲された屋敷から忽然と姿を消すくらいだもの。期待してますわよ、おほほほほ。と内心は高笑いである。

「おうおう、さすが嬢ちゃん。やっぱこうでなきゃなぁ、ぶははは」

どういう意味だ、ガスパール。さっきまで変に口数が少なかったくせに、誰よりも馬鹿笑いしているのは何なのよ、もぅ。

「それにしても、実は気になっていたんだけど珍しい拘束の仕方よね、アレ」

私の指している『アレ』とは昏倒させられた三人組だ。決してこの場にいない脳内お花畑野郎のことではない。

「あ、それは俺も気になっていた。芸術的な縛り方だと思うよな」

「ね」

珍しく気の合った私とキースは感心するように言った。

普通は拘束する時は両手首を縛るか、もしくは両腕を体に縛り付けるはずだ。それなのに三人組は体を這うロープが綺麗《きれい》な模様を描いている。しかも三人それぞれ模様が違うのだ。

「これって拘束力あるの？　なんか身動きできそうだけれど？」

素朴な疑問である。

「ふっふっふ、そう思うでやんしょう？　でやんすけどね、これは動けば動くほど締め付けが苦しくなるっていう芸術的かつ官能……げっふん、実用的な縛り方なんでやんすよ！」

途中で謎の咳《せ》き込みがあったものの、ヤンスは鼻をふんすと膨らませて言った。

「へぇ、子分がやったの？」

「いえ、親分でやんす！　オイラにはちょっと未知の世界なんで！」

「「？？」」

未知の世界、とは？　私もキースと同じように首を傾げ、この縛り方をしたというリオを見るが彼は口端をくいっと上げただけで何も言わない。

「ねぇ、ガス「俺に聞くんじゃねぇ」……なん「聞くな」……はぁい」

私の台詞にガスパールは聞いたことのない低い声で何度も被せてくるものだから、素直にお口を噤む。

「にぃちゃんもそれ以上、その世界に足を踏み入れちゃいかん！　わかったな！！！！」

「しょ、承知した……」

ぶんぶんと取れるんじゃないかってくらいに首を横に振るガスパールに、それ以上立ち入っちゃいけないんだ、ということは理解した。

「今起きて騒がれても面倒ね。できれば尋問したいところだけれど……」

私の付け焼き刃なスキルではそう簡単に口は割ってくれそうにもない。女であるということも加味されて舐められてしまいそうだ。

「それは親分が得意でやんすよ。ね、親分！」

「まぁな。得意分野には違《ちげ》ぇねぇ」

どうしてもって言うんだったらやってやってもいいが？　とリオは言った。

「もう一回、コテンってしましょうか？」

好きなんでしょう？　おねだりポーズ。

「くく、わかったよ」

「でも、あれでやんすね。ちょこーっと姐さんたちには刺激が強すぎるから、どこか見えねぇ場所があればいいでやんすけども……」

ちらり、と窺うヤンス。つまりは力に物を言わせる尋問か、と私は思った。

「それなら、そこの岩陰になっている所に小さな洞窟がある。ある程度の防音効果もあるから、そこを使えば良い」

「んじゃ、オイラも手伝うから放り込んできやしょ」

「了解」

そう言ってリオが賊の襟首付近のロープを持ち上げると、ぐぇっと意識のない賊が呻いた。それ、首絞まってない？　ヤンスはヤンスで残り二人の賊の片足を持って地面を引きずって移動している。途中、大きめの石にぶつかろうがお構いなしだ。

「……あれ尋問する前にボロボロになっちゃわないかしら……」

心配である。もちろん賊のロープが、ではなく情報を聞き出す前に賊がボロボロになってしまわないか、である。だが、その心配もすぐにどこかに飛んでいった。

「戻ってくる頃には丁度飯が良い感じに出来上がりやすから、楽しみにしとくでやんすよ♪」

振り返って言い放ったヤンスの言葉に、ついうっかり私も期待してしまったからだ。一回しか口にしたことないヤンスのスープがすこぶる美味しかったのは忘れていません。しかもヤンスったら、席を外す前にしっかり水分補給の為にお茶を用意していった。最初にくれたレモン水はキースに譲ってしまったから、今ちょうど喉が渇いていたところである。相変わらずの気配り上手！

ヤンスに関しては、さっさとこんな裏稼業みたいなことを辞めて全《まっと》うに生きれば良いのに、と心底思う。料理の腕が確かなのは、現在進行形でお腹を刺激する良い匂いが証明しているし本当に勿体《もったい》ない。

「なぁ、嬢ちゃん」

内心ホクホクしている私に、ガスパールが声をかけてきた。

「にぃちゃんとは昔からの付き合いなのか？」

「え？」

いきなり脈絡のない質問に、私は不思議に思った。

「なんでそんなこと訊くの？」

純粋な疑問である。

「いや、だってよぉ。さっきも言ったが、人見知りの嬢ちゃんがこんなに素を見せるって、俺ぁびっくりしてなぁ」

「……素？」

「嬢ちゃんとにぃちゃんのやり取りを見てると、なんつーかメアリを思い出すぜ？」

「メアリを？」

なぜにメアリの名がここで出てくるのか、心底不思議。

「礼儀作法に厳しい嬢ちゃんが俺や相棒《ダグラス》にも見せない顔してんだ。気になるじゃねぇか」

「今、この場で礼儀作法をとやかく言っても意味がないでしょ。時と場合に合わせているだけよ」

何がそんなに気になるというのか、私にはガスパールの頭の中がわからない。

「それに見せたことない顔と言われてもねぇ。そんなの別に意識してやっていることではないわよ」

自分的にはそんなに対応を変えているとは思わない。

「それにしてもだ、いつもの猫はどこに落としてきたんだ？」

「猫って……、もしかして、喧嘩売ってるの？」

猫かぶりって言いたいのよね、それ。悪口だよね、それ。

「待て待て、違うから摑んだ石は捨ててくれ」

「チッ」

思いっきり大きく舌打ちをする。

「女が舌打ちをするな」

「キースは黙らっしゃい」

舌打ちに反応したキースの文句に即座に返す。

「いや、だからそんな所を俺ぁ言ってんだけどなぁ……」

う～ん、と首を傾げて悩む様子まで見せるガスパールに、私の方がびっくりである。

正直なところ、キースの前で否応《いやおう》なしにあらゆる醜態を晒してしまった現在、今更取り繕うのも阿呆《あほ》らしいという思いが私の中にいるのは否定しない。あえて言うなれば、彼の頭の中にしかいないマーシャ理想《リィ・グレイシス》から崩してやりたい。だってキースの中の私って全然別物すぎて気持ちが悪いし、少しでも彼の中の理想との共通点をなくしたい。

チラリとキースを横目で見やると、彼はかすかに口を尖らせていた。どうやらいい大人の人が口を尖らせて拗《す》ねてますますアピールをしているようだ。子供なの？　と突っ込んでやりたい。

「ふふ」

でも口からこぼれたのは小さな笑い声。

「何だよ？」

私がキースを見て笑い声を立てたものだから、彼は怪訝そうな表情をしてこちらを見ている。

「別に？」

そう返すと、キースはさっきの私と同じように舌打ちをした。私は思わずまた笑いが込み上げてきて、今度は顔を背けて吹き出した。そんなやり取りをガスパールが何とも言えない顔して見ているのは気づいていたけれど、私にはどうしてそんな顔をされるのか意味がわからない。

「違うわよ」

私はガスパールに向き直し、おもむろにそう言った。

「あ？」

「だから、昔からの知り合いではないわ」

付き合いが昔からあるのだとしたら、あんな幻想を抱かれたりしない。

「なかなか強烈な初対面だったよな」

何といっても崖から落下中である。そんな出会い方する人はそうそういないだろう。

「挨拶をしたのなんか、つい二日前のことよ。ねぇ？」

「まぁな」

喉元に剣を突き付けられるという挨拶だったけれど。

「自分で言うのも何だけど、ものすごく濃い二日間だったわ」

この二日間で一年分くらいのイベントをこなした気分。これからもしばらくはそんな日々が続くかと思うとうんざりである。平穏とか平和とかが恋しい。

「マジかよ……」

信じられない、と言わんばかりにガスパールの表情は歪んだ。そんな顔するほどのことでもないと思うけれども、ねぇ。

「あー、じゃ、あいつらとはどこで？」

ガスパールは親指を岩陰に消えていったリオとヤンスに向けている。

「はぁ、それを訊いちゃうわけ？」

呆れた。訊くのが遅いっていうのよ。最初の時点で疑問に思ってほしかったよね、本当に。でも、それはもう今更だ。

私はガスパールにこれでもかと呆れた視線を投げ、大袈裟《おおげさ》に片眉を上げてから、

「庶民街、東の外れにある空き家で」

皮肉げにそう言い放った。

私のこの返答の意味を理解したガスパールの顔が一瞬でこわ張ったのは、言うまでもないことである。

第八章

呪われた廃村、呪われた私

次の早朝、決まった役割を果たす為に私とキースはガスパールを残し、予定通り廃村へ向かった。ガスパールを連れていかなかったのは、キースの把握していない間者がいないとは限らないから。念には念を入れてガスパールの存在を隠すと話し合いで決まった。

そして念を入れたのはもう一つ。

リオに対してガスパールの仲間の一人を連れていってもらうことにした。それを提案したのは、すまんかった、と私に頭を下げたガスパールだ。

まぁね、あの時に詳細を話さなかったのは私だし、彼らの存在は味方でいれば都合が良いと一時的に信用すると決めたのも私なのだから、ガスパールが謝ることではない。だが頭ではそう思っていても、気持ち的にどうしてもモヤモヤして、ついつい八つ当たりで後頭部をペシンと叩く。

そんな私とガスパールのやり取りに、何が何だかわからない、という顔をしていたキースはスルーである。だってそれこそ彼に話せない内容だもの。

もう一人の要注意人物のヤンスといえば、昨夜私たちが寝静まった頃に出立してしまっていたのだ。働き者というか抜け目がないというか変に感心してしまったし、またヤンスらしい、とも思った。そんな風に思うほどヤンスのことを知ってるわけでもないのに、ね。

「おい、体調はどうだ？」

山道を案内に従い進んでいると、キースがそう声をかけてきた。

「それを訊くのは何回目よ。もう熱も下がったし、昨日に比べたら体は軽いって何度も言っているじゃないの」

はぁ、と深いため息をつきながら私は答えた。

早朝に休憩所を出立してから現在は昼を過ぎ、もう数刻もすれば日が落ち始める時間だ。その間、何度何度も確認してくるキースにうんざりするのを隠しきれない。

熱を出して心配をかけたのは申し訳ないと思うし、気にかけてくれているのはありがたい。けれど、昨夜たっぷりと汗をかいたのが良かったのだろう。頭もすっきり体もすっきりだと何度も訴えているのに、いい加減にしてほしい。

「……………ふぅん」

「何よ」

何か言いたげな含みを持たせたキースの相槌《あいづち》に、私は片眉を上げる。言いたいことがあるんだったら男らしくはっきりと言えば良いのに、無駄に腹が立つ。

「別に？　まぁ、具合が悪くなったらすぐに言えよ。もう急に倒れるのは勘弁してくれ」

「はいはい。わかりましたよ！　もう、そんなに心配しなくても大丈夫なのに」

二回も倒れたということをキースが随分と気にしているのはわかっているけれど、その理由が純粋に私の体を心配しているのではないのは察していた。呪いがうんたらかんたら言っていたから、多分それが関係しているのだろう。けれど呪いなんてあるわけがないのだ。いい大人がそんな非現実的なものを、と呆れてしまう。

「ねぇ、あと村までどれくらいで着きそう？」

「もうそろそろだな」

女性の足の速度で休憩所から一日とかからず辿り着くとは思ったより近い。馬があれば半日もかからない距離だ。頭の中でクワンダ国の地図を思い描き、この廃村の位置はここくらいだろうかと見当を付ける。

「ほら、見えてきたぞ」

そう言って指差された先には村を囲う塀が見えた。

「塀……？」

村なのに？　という疑問がわく。それなりの高さで作られた立派な塀は、些《いささ》か分不相応のように思える。

不思議に思っていると、村の方向からキースが着ていた同じ女王直属の証《あかし》である紅蓮《ぐれん》の隊服を身につけた男性がこちらに走ってくるのがわかった。

「キース先輩！」

安心したような、でもどこか信じられないといったような顔をしている男性の目にはうっすらと涙が浮かんでいる。

「良かった、ご無事で……っ」

「フッ、俺様ぐらいになると崖にダイブしたくらいでどうかなるわけがないだろうが」

普通は崖から落下したら命に関わる大事《おおごと》です。部下の心配も当然だと思う。たとえ無事だったとしても追っ手がある中、足手まといだろう私と二人でここまで無事に辿り着くというのもなかなか困難でしょうに。

「そうではないですよ。自分だって先輩があれごときで死ぬなんて思っていませんって！」

「いや、普通死んでもおかしくないから！　……って、あら？」

思わず突っ込んでしまってから、ふと疑問がわいた。

「……んーっと……、もしかして暴走した馬車を誘導しちゃってたりするのかしら？」

キースだけならまだしも部下であろう彼が自信を持ってそう言えるのは、もしかしたら私の落ちた崖は比較的命の助かりやすい場所だったのではないだろうか、と思ったのだ。

そして暴走する馬車を追いかけてきたキースたちが最悪を考えて誘導していたとしたら、なんの躊躇《ちゅうちょ》もなく私を助けに飛び降りたのも納得できる。いくら何でも命綱もないのに、一緒に落下して命を無駄にするとは思えないし。

「ふふん、当然だろう？」

あの切迫した局面でこれだけのことが成せるというのは素直に感嘆するが、その無駄に顔の整ったどや顔はいらない。こういうところが素直にキースに感謝できない原因の一つである。

「さすが才女と名高いマーシャリィ・グレイシス嬢ですね！」

わぁ、すごい！　と声を上げたキースの部下。それも拍手付きである。にっこにこと満面の笑みでこちらをキラキラとした眼差しで見つめられて思わずまごついてしまう。

「えっと……、貴方は？」

初対面の方に、そんな眼差しを受ける覚えは一切ない。

「これは失礼しました。自分の名はクライブ・マーフィー。キース先輩の後輩に当たりますので、どうぞお気軽にクライブと呼んでください」

そうすると僕が喜びます！　とウインクが飛んできた。いや、ウインク擬《もど》きである。辛《かろ》うじてウインクだとは認識できたけど両目は閉じていたし、頬の力で無理矢理に瞼《まぶた》を閉じようとしているから、顔面が面白いことになっていたのだ。

「……何をやっているんだ、お前は……」

キースの呆れ声も納得だ。

「キース先輩を参考にしてみました！　どうでした？」

ワクワクと期待を込めた眼差しを向けられて言葉に詰まる。さすがに、全くもってダメでした、残念失格!!　とは初対面の相手には言えない。

「まぁ、とても面白い方ですわね」

ふふふ、とたおやかに微笑んで明確な返答をはぐらかす。私の中でスイッチが切り替わり淑女モードが発動である。キースがギョッと目を剝いたのが視界に入ったが、馬鹿者、これが私の通常だ。

「先輩がついているので大丈夫だとは思っていましたが、道中大変な思いをされたでしょう？　本当にご無事で良かったです」

「ありがとうございます。ええ、おっしゃる通り本当にキース殿のおかげですわ。命を助けていただいたばかりか、こうやって足手まといの私を見捨てもしないでいてくれたのですもの。感謝しきれません」

追いかけられたり、剣突き付けられたり、取っ組み合いの喧嘩とかしたりしましたけれどね。キースのおかげ様なのは間違いないのだから、嘘ではありませんとも。これを人は方便とも言う。

「そうご令嬢に言ってもらえるなんて騎士冥利に尽きますね！　ね、キース先輩！」

「…………まぁな」

じとーっとした視線を投げてくるキースを軽やかな笑みで完全無視です。

「んん？　どうしたんですか、先輩。憧れのマーシャリィ・グレイシス嬢ですよ？？」

「まぁ、憧れ、ですか？」

ふふふ、残念ながら私のはキースの中のマーシャリィ・グレイシス《理想》ではなかったようですよー、うふふふ。でも私には何を言っているのか知らない振りをさせていただきます。

だって私をマーシャリィ・グレイシス《本物》として行動するって約束したくせに、何度も何度も裏切ってくれましたからね、ふん！

「あ、もしかしてこれ言っちゃいけないやつでした？」

「……べ、別にそういうわけじゃない」

プイッと顔を逸らすキースに、私も負けじとたおやかな笑みを浮かべたまま、じとーっと睨めつける。頑なに顔を背けるキースは、冷や汗をかくほどでないにせよ一応後ろめたさを感じているようだ。

「あぁ、良かった。てっきりキース先輩の恋路を邪魔しちゃったかと！」

ふぅ、安心した！　とクライブ様は大きく息を吐いた。そのリアクションの大きいこと、大きいこと。全身で力いっぱいに感情表現をしています！　と言った体《てい》である。声も体も大きいし、近衛騎士らしく顔も整っている。騎士でなくても役者で生きていけそうだ。

「まぁ、クライブ様は面白い方ですのね、うふふふ」

「いやぁ、それほどでも！」

うふふふ、あははは、と笑い合う私たち。この茶番じみたやり取りをしていると王宮を思い出す。一年も二年も離れていたわけでもないのに、こんなにも懐かしい気持ちになるなんて不思議な気分だ。

「もう愛の告白はもう受けましたか？　キース先輩のことだから、きっと情熱的な求愛だったと思っているのですが実際どうでした？」

「んんっ⁉　あ、愛の告白ですか？」

思わず吹き出しそうになって咄嗟《とっさ》に堪えた私偉い。

「おい、クライブ！」

「わかってますって。キース先輩の求愛の言葉は令嬢だけのものだって言うんでしょ。でもちょっとくらい良いじゃないですか！」

「違う！」

「ええ、じゃあアレですかね。出会った瞬間通じ合っちゃったー！　とかですか？」

キャー、運命的ぃ！　ってどこから出したのかと思うくらい甲高い声で興奮しているクライブ様に、もう私は唖然。大きい体をクネクネさせて、まるでどこぞの乙女のようだ。

「だーかーら、違うって言ってるだろうが！」

キースが思いっきりクライブ様の頭をパシーンと打ち叩く。もうそこからはキースとクライブ様の口喧嘩勃発である。

「ちょ、何するんです！　痛いじゃないですか！」

「痛くしたんだ、馬鹿！」

「馬鹿って、馬鹿って人に言っちゃダメなんですよ！」

「お前が馬鹿なことするからだ、恥ずかしい！」

「馬鹿だけじゃ飽き足らず、恥ずかしいって酷くないですか⁉」

「酷くない！　たとえ酷いことだったとしてもそれを言わせているのはお前だ！」

「なんでですか！　自分は単純に先輩の口説き文句を参考に嫁さんを口説きたかっただけなのに！」

ほほう、既婚者ですか。ご結婚されていても未だ奥様を口説くなんて新婚なのかしら？

「嫁さんって、馬鹿か！　そんなもの自分で考えろ！　その頭には脳みそが詰まってないのか⁉」

「ぎっちぎちにちゃんと詰まってますけどね！　それが簡単にできたら先輩なんか参考にしないいんですよ！」

「なんかっておま……っ、お前の方こそ結構酷いこと言っている自覚あるか⁉」

「当たり前で、す……って、あれ？」

クイッと頭を傾げるクライブ様。蚊帳《かや》の外にすっかり置かれている私はすっかり鑑賞モードだ。結構楽しい。

「こんな風に先輩がむきになるなんて……、もしかして……っ！」

「何だよ……」

「キース先輩に限ってまだ口説き文句一つ口にしてないなんて、まさか言いませんよね？」

はい、大正解。口説き文句一つもらっていませんとも。

「ぐぅ……っ」

「ちょ、先輩何やっているんですか！　馬鹿なんですか⁉」

「人に馬鹿って言っちゃダメなんじゃなかったのかよ……」

「そんなことはどうだって良いんですよ。話をすり替えないでください！」

「……すり替えてないだろうが」

「いえいえ、すり替えてますって。今、先輩は好機なんですよ！」

「……ええ？　……」

「あんなに暑苦しくマーシャリィ・グレイシス嬢の愛を語っていたじゃないですか。今、口説き落とさないで、いつ口説き落とすんです⁉」

あ、だよねぇ。あのマーシャリィ・グレイシス《理想》に対しての口上って暑苦しいよねぇ。

「……そう言われても、こっちには事情があるんだよ」

「事情？　そんなものでご令嬢の愛を手放すつもりですか？　キース先輩のマーシャリィ・グレイシス嬢への気持ちって、そんなに軽いものだったんですか！」

うわぁ、見損ないました！　とクライブ様は盛大に顔をしかめた。

「そうじゃない。そうじゃないんだが……」

言葉に詰まるよね。キースの気持ちはよくわかる。だって、ここにいる私はキースのマーシャリィ・グレイシス《理想》じゃないもの。チラリと視線を向けられても、助け船なんか出してあげませんよ。

「いいですか、先輩。ご令嬢が崖から転落した時、先輩は躊躇せず飛び降りましたよね！」

「お、おう。そうだな」

「普通、あんな危機的状況に颯爽《さっそう》と助けてくれた騎士に恋に落ちない令嬢なんていませんよ！」

ごめんなさい、ここにいるわ。崖から落ちはしたけれど恋には落ちていません。

「その無駄に整った顔を利用しないでどうするんですか！」

ぷぷぷ、やっぱり無駄にって。やっぱりそう思っているの私だけじゃなかった。

「吊り橋効果ですよ、吊り橋！　それに全力で乗るんです！」

「それは……、ちょっと卑怯《ひきょう》じゃないか？　騎士ならもっと真摯にだな。いや、そういうことじゃなくてだ」

「愛する者の心を得る為の闘いに卑怯も高潔もありません！」

「いや、だからな？」

「四の五の言わない！　今、この好機にしっかりガッチリ令嬢の心を摑み取らないと、いつどこでどこかのクソ野郎にかっ攫われるわかったもんじゃないんですからね!!　いざその時になって後悔したって、自分は絶対に慰めてなんかあげませんからね――っ！」

ムキーッ！　と鼻息荒いクライブ様の怒濤《どとう》の口撃にキース撃沈。この口喧嘩、クライブ様の勝利である。でも私的にまだ物足りないので、満を持していざ参戦！

「まぁまぁ、クライブ様。少し落ち着いてくださいな」

「……ご令嬢」

「愛の告白でしたら、ちゃんと聞かせていただきましたわ」

愛の告白を受けた、ではなく聞いたが重要。ガスパールたちと再会する直前まで、存在しないマーシャリィ・グレイシス《理想》への愛を切々と聞いたのは事実だからね。だから受けてはいない。

「おぉ♪」

「それはもう情熱的で熱い想いを打ち明けられましたわ、おほほ」

「おい！」

何言ってんだ⁉　と私に対して声を荒らげるキースに、貴婦人モードの私は笑み一つ。

「あら、運命だっておっしゃったではないですか。あの時のお言葉は嘘だったんですか？」

「ぐ……っ。う、嘘じゃないが……それは！」

はいはい、きちんとわかっていますよ。それが私に対してではないということは。でもどうせ言えない。ここで私が偽物だと言えれば楽なのに、それでも言わないのは彼なりに約束を守ろうとしているのだろうとは思う。けれど口にしていないからといって態度でそれを出していたら意味がないのだ。これもずっと私を偽物扱いした報いだと思って、素直に受け止めて反省の一つでもすればいいのだ。いい気味ですこと、おほほほ。

「何だぁ。もう先輩、ちゃんと言ってくれないから早とちりしちゃったじゃないですか！」

プンプンと頬を膨らませる成年男子。普通なら滑稽なはずなのに、なかなかどうして可愛いではないの。

「では令嬢！　そのお返事はいかほどに？」

いかほどにってお金じゃないんだから、と思ったものの、キースの苦虫を嚙《か》み潰したような顔に悪戯《いたずら》心がムクリ。

「まぁ、お知りになりたいの？」

表面では恥じらいつつも、心の中ではニヤリ。

「今後の参考にぜひ！」

「おい、変なこと言うな、やめろ！」

それはあれですね。言えっていう振りですよね。大丈夫ですよー。期待には応えてあげますとも。

「私のお返事は……ふふ」

頬を押さえて、モジモジと恥じらい乙女を演出。私らしくないけれどなかなかの好演ではないですかね、と自画自賛。

「おい、ふざけるのもいい加減にしろ！」

「痛ぁ！」

パシンと後頭部に軽い衝撃。騎士ともあろうものが淑女の後頭部を軽くといえども叩くってどうなの、それ！

「まぁ、何て酷い。具合の悪い私に対して強烈な愛を熱弁しておいて、こういうこと普通します？」

傷つきましたわぁ、およよ。なーんて、傷ついてなんかいません。クライブ様が「具合の悪い女性に愛を囁く……」とフムフムしているけれど、参考にしちゃ駄目ですよ。

「クライブ様もそうお思いになるでしょう？」

「そうですね！　愛する女性には優しくしてあげるべきだって、いつも先輩が言ってることじゃないですか！　見本を見せてくださいよ、み・ほ・ん！」

「ば、だから、それは……っ！」

ぷぷぷ、顔が地団太踏んでる、踏んでるぅ。本気で愉快！

「〜〜〜〜っ！！！！　お前ら、いい加減にしろ！　こんなことをしている場合じゃないだろうがぁ!!」

ドッカーン！　と、とうとう噴火したキースの一喝に思わず閉口。それはクライブ様も同じだったようで、彼の背筋がキースの一喝と共にピーンと伸びた。

「いいか、お前ら！　今どんな状況なのかしっかりとその空っぽの脳みそを動《はたら》かして思い出せ！」

「あら嫌だ。失礼ね」

ちゃんとわかっていますよ、今の状況くらい。クライブ様ではないけれど、きちんと脳みそはぎっちぎちに詰まってますから。でもとっても面白かったのだもの。鬱屈した気持ちを少しでも晴らしたいというのは、人として当たり前のことでしょう?

「頼むから、もう少し危機感を持ってくれ……」

片手で顔面を覆い隠し、脱力したように大きくため息をつきながらキースは言った。そこまでならなくても、とは思ったものの、

「……まぁ、そうですわね」

「ですね……」

私もクライブ様も、調子に乗ったのは否めない。

「でも、せっかくですから、一つだけ言わせていただけます？」

クライブ様も今後の参考とやらにしたいみたいですし、キースからマーシャリィ・グレイシスへの想いを聞いてから、ずっと心に抱えていたことがあったのだ。あの時は体調のせいで突っ込む気すらなかったけれども、せっかくだから言わせてもらいたい。

「……………………言ってみろ」

渋々、本当に渋々だけれども了解は得られましたし、では遠慮なく。

「あのですね、長い長い片思いをされていたのは結構ですし、それだけ一途なのも決して悪いとは思いませんわ」

だが、である。

「まだ娶《めと》ってもいない、ましてや想いが通じ合ってもいない女性に対して『嫁』と言うのはやめた方がよろしいかと……。正直、重すぎて引いちゃいますわよ」

百年の恋も冷めるレベルで、間違いなく確実に。

「まさか『俺様からの求愛に喜ばない女性なんているはずがない！』なんて阿呆なことを思っているのでしたら、即刻改めるべきですわよ」

どんなに美形だろうが好きでもない男性から言い寄られても嬉しくも何ともない。ましてやキースのような無駄に自信過剰なタイプには強く物申したい。いい迷惑ですよ、と。

「「ぅ……っ！」」

小さく呻くキースに、やっぱりそんな阿呆なことを考えていたのか、と呆れ返る。あんなに熱弁していたくせにキースの頭の中の私は随分と軽薄である。に、してもだ。なぜクライブ様も一緒になってダメージを受けているのかな？

「ま、まぁいい。今はそれどころじゃないからな……」

そう言いつつ、胸を押さえているキース。一刀両断のダメージが思ったより重傷っぽい。

「そうですね……っ」

フルフルと小刻みに震えているクライブ様なんか瀕死である。いや、だからなぜクライブ様も一緒になって巻き添えを食らっているのよ。

「あ、まさかクライブ様、さっきおっしゃっていた『嫁さん』ていうのは……」

恐る恐る様子を窺う私から視線を逸らすクライブ様に確信した。この人もキースの同類だと。

「…………えー……」

ドン引きである。かなりドン引きである。

「いや、勘違いしないでくださいね。キース先輩の長い片想いと違って自分と彼女は相思相愛です！」

「……勘違いではなくて？」

「正真正銘、両思いです!!」

「本当に？」

「本当の本当です！」

「……………でも、結婚の約束をしているわけではないのね？」

だってお相手の呼び名が『婚約者』ではなく『彼女』だったもの。近衛騎士なればクライブ様の生まれは貴族でしょうし、両想いと断言できるお相手なら婚約していないのはおかしい。平民と違って『お付き合い』というものは貴族社会にはないのだから。

「……だから、参考にしたいって言っているんじゃないですか。自分だって彼女と結婚したいですよ！」

「あー……」

つまり求婚を断られているパターンだと推測。もしくはお相手が平民の女性とか。それは確かに結婚したいくらいに好きならば、悩んでしまう事柄ではある。

「なら余計に『嫁さん』呼びはお勧めしませんわ」

両想いであろうと何だろうと、だ。

私なら、理由が何であれ婚姻相手でない人に『嫁』扱いされたら嫌だ。もしそれが本当に好きな相手であっても、自分の気持ちをないがしろにされている気がするもの。

「自分は彼女以外の人と添い遂げるつもりはないという意思表示のつもりだったんですけど、嫌がられてしまっていたのでしょうか」

しおしおと大きい体を萎《しぼ》ませるクライブ様の肩をポンポンと慰めるように叩く。

「私は彼女ではないので正解は答えられませんけれど、誰かの真似をするより、ご自分に合った貴方自身のお言葉でお伝えになった方が彼女に気持ちが伝わると思いますわよ」

誰かの真似をしたって陳腐に映るだけだ。ましてやキースを参考にしては絶対に駄目だと思う。何よりクライブ様には似合わない。

「そうですね……、うん、確かにご令嬢のおっしゃる通りです」

少しは元気が出たかな？　元気出してくれないと、余計な責任感じちゃうでしょ、私が。

「ありがとうございます！　ご令嬢のおかげで自分が何をやるべきなのかわかった気がします!!」

「それは良うございましたわ」

「はい！」

「いや、だから、お前ら時と場合を考えろと言っているだろうが……」

ガックシと肩を下げているキースをよそに、クライブ様とニコニコと頷き合っていると、村から誰かがこちらに向かってくるのに気がついた。それはクライブ様も同様で、

「あ、翁！」

そう言って、翁と呼ばれた老人に手を振った。

「え？」

こちらにゆっくりと向かってくる老人はどう見ても騎士という風体ではない。稼働している村ならば村人だと思うところだがここは廃村だ。くたびれた服装をしているものの、どこか気品を漂わせている老人に私はキースを見上げた。

どういうこと？　とキースを見上げて思わず躊躇《ためら》ってしまった。

そこにいたのは、さっきまでのショックに打ちひしがれていた彼ではない誰か。いやそれは語弊があるだろう。突然キースではない別人と入れ替わったというような非現実的なことが起きたわけではない。目に映るキースは変わらずキースであって、でも翁と呼ばれた老人を見る彼の表情がこの数日間見てきた彼のものではない。

「お久しぶりです、翁」

キースは笑った。瞳を細め口元は柔らかく笑みを浮かべ、何よりも郷愁を感じさせる眼差しに、誰よ、これ、と正直思ってしまった。

「ほっほ。本当に懐かしい、何年ぶりですかの」

「……一〇年……、一〇年ですよ、翁」

「もうそんなになりましたか。時の流れは早いものですな、随分と男前になられた」

キースの目の前まで来た老人が、そっと彼の頬にかかっていた髪を優しい手つきで払う。

「でも、泣き虫なのは昔とお変わりありませんな、ほっほ」

そう笑う老人と、その老人の行動を受け入れているキースの姿に切なさが襲う。

「な、泣いてなんかいません！」

「ええ、ええ。そうでしょうとも」

ほっほっほ、と老人は笑った。そして温和な笑みを携えたまま私を見やる。

「お疲れでしょうから、詳しい話は落ち着いてからにしましょう、ね？」

さぁ、と促されるまま私は歩き出した。それは私だけではなくキースとクライブ様もだ。穏やかに誘うように、それはまるで魔法のように感じた。

キースなんか、まるでカルガモの親子みたい。その後ろから微笑ましそうに眺めながらついていくクライブ様と、私は不思議な心地よさのままクライブ様の隣を案内されるまま歩く。この状況についていけていないのに不思議な雰囲気に流されて言葉が出ない。

「不思議な方でしょう？」

そんな私にクライブ様がしたり顔で言った。

「大丈夫ですよ。翁が落ち着いてからって言ったでしょう？　ご令嬢のお尋ねになりたいこともあの方はきちんと把握されています」

「それは……」

唇に人差し指を差して止められた台詞。クライブ様の視線に促され、村の入り口に顔を向けると、老人が立ち止まりこちらを待っているのがわかった。

「……え」

待っているのではない。迎えているのだと気づいたのは、老人が左手を腹部に右手を後ろにして礼を取っていたから。

「貴女《あなた》様のご来訪を心よりお待ちしておりました。ようこそ、呪われた廃村へ」

質素な服に身を包んだ老人は、まるでここが煌《きら》びやかなお屋敷かと錯覚させるような、それはそれは美しいお辞儀を私に向けて披露したのだ。

あぁ、やっぱり一般人ではないな、と私はひっそり納得した。

それから老人もとい翁に案内され村へ招き入れられた私は、まず一番に目に入ってきた光景に驚いた。自分たち以外の人けはなく、廃村というのは間違いない。けれど『村』というには些か趣きがおかしいのだ。経年劣化はあるものの、立派な建造物、広く取られた通り、整えて植えられていただろう街路樹ら。寂《さび》れているが発展という規模でいうのであれば、この村が数十年前のものだとしても、町レベルといっても差し支えないだろう痕跡があちこちに残っていたのだ。不思議に思っていた村を囲う立派な塀も、ここまで発展してる形跡があるのを見れば納得である。

「今はこんな寂れた村ですがね、この村はクワンダ国屈指の保養地だったのですよ」

キョロキョロと村の様子を見回していた私に翁がそう教えてくれた。

廃村になったきっかけは季節外れの嵐がこの村を襲ったことだったと、そう翁は言葉を続けた。

幸いに村の住人や建造物などに大きな被害はなかったが、嵐によって起きた崖崩れにより地形が変わり、観光名所だった滝が枯れ、どこからともなく悲鳴に似た風鳴りが村中に響き渡るようになった。保養地を利用していた貴族や商人は風鳴りに怯え気味悪がるように去っていき、もう二度と足を踏み入れることがなかったというのだから、村は相当な大打撃を受けただろう。何とか復興を目指したものの、自然の力に人は勝てない。いつまでたっても水は湧かず、風鳴りも日に日に酷くなっていくばかり。焦燥していく村人たちは、一人また一人と村を離れていき、残されたのは他に身寄りがない老人や孤児。力も財力も、また何とかしようという気概もない者たちだけ残された村に未来はなく、その後、村はひっそりと朽ちていったということらしい。

「まぁ、そうなのですね」

その話が終わる頃、私たちは招かれた小さな屋敷で翁が淹《い》れてくれたお茶を頂いていた。とっても美味しい。

「他に思うことはないのか？」

ふんふん、と頷きながら聞いていた私の感想は、ここまでならよくある話とまではいかなくともない話ではない、である。

「逆に訊くけど、何を思えば正解なのです？」

「……………俺にはお前という女がよくわからない」

「私もキースが何を言いたいのかわかりませんわ」

というか、私に何を求めていてのその発言なのか、理解に苦しむ。

実際、私が幼い頃にグレイシス家が治める領地も似たようなことがあり危機に陥ったことがある。幸い自領では立て直すことができたが、この村はそうはいかなかったという結果であって、他に何を言えと。

「それに、まだ話は終わってないでしょう？」

廃村になった理由はわかった。けれど意味深に『呪い』の廃村と強調したからには、話の続きがあって当然だ。まさかここで終わりなんて言わないでしょう。

するとと翁はずっと貼り付けてた笑みを更に深め、まるでおとぎ話をするように、かつて栄えていた保養地が後《のち》に呪いの廃村と呼ばれるようになった経緯を話し出した。


廃村出身の元村人はとても疲弊していた。村を出たものの新しく立ち上げた商売は上手くいかず借金が増えるばかり。次第に心の余裕をなくし、家族に当たり散らす日々を送っていた。村を出てから数年、辛抱してくれていた妻も子もそんな元村人を捨て新しい夫の元へ行ってしまい、残されたのは昔の良き時代の思い出と、既に返し切れないほどに膨らんだ借金。あとは絶望だった。

どうしてこうなってしまったのだ、と悔み、なぜ自分を捨てるのだ、と呪い、そしてあの時に嵐さえ来なければ、と泣いた。泣いて、泣いて泣いて、ひたすら泣いた後、元村人は村に帰ろうと決めた。自分にはもう何もないのであれば、あの村での幸せだった日々を想いながら逝きたいと、そう思ったのだ。死に出に必要な物は何もない。村人は何も持たずにただひたすら自分の愛した村を目指した。飲み食いも忘れ、休息すら時間が勿体ないと。

自分が捨てた村が近づくたびに心は躍った。愛した日々がそこにある。もう戻らないとわかっていても、元村人の心にはそれが支えであり癒しだったのだ。

――――ただいま、ただいま、ただいま。

そう元村人は歓喜に泣きながら村を囲う塀を潜《くぐ》り、そして目を疑った。朽ちたはずの村から、おかえりなさい、と次々に声をかけられたからだ。そこにはてっきり村と共に朽ちたと思っていた残された村人たちの姿があった。残っていた村人は彼を決して責めることなく温かく迎え、また一緒に頑張ろう、と励ました。

まだやり直せる、まだ頑張ってもいいんだ、と思った元村人は再起を誓った。そしてその誓いを手紙で自分の元から去った妻子に送ったのだ。できるならやり直したい、戻ってきてほしいと。

その手紙を受け取った妻子は喜んだ。元より妻子は村人の元から去ってはいなかった。自暴自棄になり働かなくなった元村人の代わりに出稼ぎに出たのを勘違いしただけ。

元村人が妻子と共にいることを望んだように、妻子も元村人と共にあることを望んだ。やり直したいと願っていたのは、元村人だけではなかったのだ。妻子はもちろん元村人を追いかけた。心に希望を宿して、新しい日々が始まると胸を弾ませて。

けれど村に辿り着いた妻子が目にしたのは、元村人が手紙で書いていたような希望に満ちたものではなかった。村を出てたった数年だというのに、すっかり見る影もなく朽ち果てた村と悲鳴のように響き渡る風鳴り。人けがない分、妻子がいた頃よりずっと物悲しく、また恐ろしさも感じた。

これは一体どういうことなのか、元村人の手紙に書かれていたことは嘘だったのか。そう考える間もなく、胸を襲った嫌な予感に妻子は昔暮らしていた家へと走った。元村人なら必ず我が家にいるはず、と。きっと私たちが帰ってくるのを待っていてくれると、必死に走った。けれど、無事でいてほしいと願った元村人の姿は妻子の願いを打ち砕くもの。目を疑いたくなるその光景は正しく狂い死と言っていいほどに凄惨な元村人の姿だった。

妻子は嘆いた。嘆いて、嘆いて、とうとう発狂した。

ただ愛した日々を取り戻したかっただけなのに、なぜこんなにも酷い現実だけが自分たちを襲うのか、と。苦しくて、悲しくして、夫を、父を殺した全てが憎かった。だから呪ったのだ。自分たちを襲った全ての理不尽に対して、ただただひたすら呪った。そして最後には村人と同じ姿で呪いながら狂い死んでいったのだ。

その日を境に、廃村付近で不審死が続いた。それは廃村に迷い込んだ旅人だったり、追っ手から逃げている罪人だったり、または近くの近村の住人だった。その死が呪いのせいなのか、もしくはただの偶然か。等しく共通しているのは、全ての人の死に顔が怯え苦しみ死に至ったものだったということ。

次第にその噂は国中を駆け回り、呪いの廃村と呼ばれるようになるのに時間はかからなかった。

「というのは表向きのお話でしてな」

まるで恐怖を煽るような語り口調だった翁は、そう言った。

「まぁ、そうでしょうねぇ」

ふふと微笑みながら、びっくりするくらい陳腐すぎて大衆舞台でも受けないわね、なんて思っていたりする私である。

「お前、情緒とかそういうもの全般はどこに置いてきたんだ……」

おっといけない。思っていただけではなく口から出ていたみたい。うっかりうっかり。

「あと、その話し方をやめろ。気持ちが悪い」

そう心底思っているのだろうキースの呟きに一睨み。何て失敬な。しかも残念な人を見るような眼差しを私に向けるのはやめてちょうだい。

「何かおっしゃいまして？」

これが私の通常運転です。

「………」

そんなじとーっとした視線を寄越されても痛くとも何ともありませんよ。

「ほぉ、お二人は仲が良ろしいですな」

「気のせいです（わ）」

ほっほと朗らかに笑う翁にした反論が丸かぶりで思わず真顔である。

「またまた、仲が良いじゃないですか」

翁と同じことを繰り返したクライブ様の顔は思いっきり含み笑いだ。これがヤンスだったら中身は入っていようが気にせず手に持っているカップを投げつけるところだが、相手は先ほどお会いしたばかりのクライブ様。どんなにイラっとしてもそんな真似できやしない。心の中で盛大に舌打ちをしていると、バシーンといい音を鳴らしてクライブ様の頭が傾いだ。

「ふざけるのは時と場合を考えろ、と俺は言わなかったか？」

低い声音のキースのスナップの効いた制裁である。でかした、キース。

「どうして俺だけ……」

「話を戻すぞ」

「そうですわね。で、何のお話でした？」

どこかの騎士から小さな文句が飛んでくるが無視一択である。そもそも翁とクライブ様の言葉には大きな隔たりがあるじゃない。悪ふざけという隔たりがね。

「他に何か思うことはないのか、って話だ」

そうそう、そうだったわね。

「逆にお伺いしますけど、他に何を思えばよろしいのかしら？」

コテンと小首を傾げてキースに問うと、彼はまるで化け物を見るような視線を私に向けてきた。

「普通の女性は怖がるか、もしくはかわいそうだと心を痛める」

それは私が普通ではない、と暗に揶揄《やゆ》しているのかな？　むかっ腹立つわぁ。

「ですから、あまりにも作り話すぎていて情緒や恐怖を覚える隙がありませんわよ」

もちろん同情や憐憫《れんびん》もだ。

「ご、豪胆ですねぇ」

クライブ様が言葉を詰まらせて言った台詞に、呆れを含んだため息がこぼれた。

「これは豪胆とかそういう話ではないでしょうに」

ここで怖がったり哀れんだりして、何が楽しいというのか。

「そもそもですね、元村人と妻子の凄惨な姿とやらはどなたが発見したのかしら？」

誰もいないはずの廃村なのでしょう？　そこからして話がおかしいじゃない。

「しかも知るはずもない元村人の心の内までなぜ知ることができるのです？」

「……遺書や日記が残されていたかもしれないだろ」

反論してくるキースに私は鼻で笑ってやる。

「あったんですか？」

「可愛くないな、おまえ……」

「可愛いと思ってもらわなくて結構」

しみじみと言われてしまっても、痛くも痒《かゆ》くもありません。

「まず、本当に災害で村に多大な損害があったのなら国からの援助や救済処置が働くでしょう。王都からそれほど離れていない村なのだから、国だって把握するのにそう時間はかからないはずですわ」

ましてやクワンダ国屈指の保養地だったのなら尚更だ。もしこれが戦時や国の腐敗が進んでいるような時代であればわからないでもない。だがクワンダ国はここ一〇〇年ほど安定した統治が行われていたのはグラン国の人間でも知っている。

「それに復興が叶わなかったとしても、クワンダ国先代国王が村人ましてや老人や孤児をないがしろにするとは思えませんわ」

隣国グランまで伝わっていたクワンダ国先代国王の政策は民をとても大切にしていたものだった。それを今のクワンダ国女王も受け継いでいるからこそ、貴賤《きせん》関係なく能力重視で人材を重用しているのだ。国は王族の物にあらず、民があってこその国であり、クワンダ国の宝は民である。そう何度も留学時代によく聞かされていた。

「まぁ、あれですわね。もしこの村に対して救済処置が行われなかったとしたら、それなりの理由があったと私は考えますわ」

例えば村ぐるみで犯罪行為を行っていた、とかね。

「そうでないのなら、まずあり得ないお話ですもの。これのどこに情緒を働かせろというのです？」

全くこれっぽっちも私の情緒が動く隙はない。

「恨み妬み嫉《そね》みは生きている人間だけが抱く感情ですわ。それを理由に蛮行に及んだ、というのならわからないでもない話ですが、死人に人を殺す力はありませんわ」

ましてや『呪い』だなんて馬鹿馬鹿しい。

「それでもあえて私に何かを思えと言うのであれば、腹立たしい、の一言ですわね。でもそれは『呪い』というものが存在していたら、の話ですが」

「腹立たしい、ですか？」

眉根を寄せ不愉快を隠しもしない私に意外そうな声を上げたのはクライブ様だ。

「ええ、そうです」

はっきりと肯定すると、ほほう、とどこか感心したような翁の声が耳に届く。チラリと視線を向けると好奇交じりの眼差しとかち合った。

「だってそうでしょう？　呪いをまき散らすだけの力があるんだったら、生きるという選択ができたはずですわ」

それはきっと簡単なことではないのはちゃんとわかっている。それが残酷だということも。でも、それでも私は強く思うのだ。

「死んで呪って何になります？　返ってくるのは空《むな》しさだけですわ。しかも呪い続けるとか何です、その苦行」

自らそんな物を背負おうとするなんて考えるだけで嫌になる。そんなの楽しい？　世を呪うって、どこまで呪ったら満足するの？　際限ないよね。そんな辛い死を選ぶより、生きてあがいて生き抜いて。

「私なら終わりのない死に地獄より、終わりのある生き地獄を選びますわ」

私がそう言い放った部屋はしんと静まり返っていた。素直に話しすぎたかしら、と後悔しても後の祭りである。

「……こういう考えを持つ私を冷たいとおっしゃっても構いませんわよ」

あまりの何とも言えない空気に私は自嘲気味に笑う。もしくは絶望を知らないお嬢様だと嘲笑してくれても良いですよ。今回ばかりは怒らないであげます。キースじゃないけれど、私だって自分に可愛げがないと思うしね。取り繕ってかわいそうだと同情をする振りならいくらでもできるけれど、それをここでする必要性はどこにもないし。そんなものは心の清い聖女のような女性に求めてほしい。

「冷たいだなんてとんでもない。貴女様は素晴らしい考えを持つ強い女性だと私は思いましたよ」

翁はそう笑った。

「褒め言葉と受け取っておきますわ」

だから私も微笑んだ。強いというより生き汚いだけなんだけど、とは思っても口には出しませんとも。だって褒め言葉だからね。

「俺も格好いいと思います！」

「うふふ、そう言っていただけるととても嬉しいですわ」

翁もクライブ様も優しい。女性に対して『強い』や『格好いい』なんて普通は使わない。そんな女性は敬遠されがちなのに、嘲笑されるならまだしも、まさか賞賛されるとは思わなかった。

「……お前は『呪い』の存在を信じないのか？」

本当に？　と念を押すようにして訊いてきたキースに私は大きく頷く。

「信じるも何も、ありませんよ『呪い』なんて」

そんな物があったら既に私はこの世にいない。悲しいかな、妬み嫉み恨みは買いまくってますからね！

「現実に不審死、それも狂死があったとしたら？」

キースの声音はかすかに震えていた。それは怯えだろうか、もしくは何かを期待しているのか。私にはそう感じ取れた。

「そうですわね……。恐らく集団ヒステリーが発生したのではないでしょうか」

その期待が何なのかは知らないけれど、私はあくまでも自分が導き出した答えを口にするだけだ。

「集団ヒステリー……、とは何です？」

聞き慣れない言葉だったのか、クライブ様が片手を上げて訊いてきた。

「私が読んだ文献には、同一空間上の集団の中で強い不安や恐怖などのストレスに晒されることによってパニックや妄想を引き起こし多数に連鎖する現象、と書いてありましたわね」

「？」

無言で首を傾げるクライブ様に苦笑。確かに言葉だけではわかりにくいけれども、本当にこの人成人男性なのかと疑問がわく。何か垂れ耳と大きな尻尾が見えるもの。

「まず廃村含め近隣の村一帯を、一個の集団と捉えて考えてみてちょうだい」

「はい」

佇まいを正したクライブ様。まるで私が教師でクライブ様が生徒のようである。

「災害によって一つの村が廃村に追い込まれた。ただそれだけのことでも近隣の村は不安を抱くでしょう。次は我が身かもしれない、とね」

これが最初のストレス源。

「更にその廃村からは奇妙な叫び声が聞こえ始めた、なんて噂が聞こえてきたら嫌ではないですか？」

「確かに気味が悪いですよね。風鳴りだって理解しちゃえばどうってことないし、すぐ慣れちゃいますけど」

あはは、とあっけらかんと笑うクライブ様と、その隣で、すぐには慣れねぇよ、と小さく呟くキースに苦笑。案外繊細なキースに突っ込みたい気持ちはあれど、今はその話ではない。風鳴りが二つ目のストレス源という話である。

「それでは、悲鳴の聞こえる廃村って聞いてクライブ様だったら何が浮かぶかしら？」

「これ、ですかねぇ」

クライブ様は両肘を曲げ手の甲を向けて、だらーんと下げた俗に言う『幽霊のポーズ』を見せる。なぜにそんなに嬉しそうなのかは疑問だが突っ込んでなんてあげません。

「クライブ様のように、そう思った人は多いでしょうね。でも実際に見た人なんていると思いますか？」

「まさか。大体は見間違いですよ」

そうそう。私だって生まれてこの方、幽霊亡霊怨霊に加え悪魔も妖精の類いも、摩訶《まか》不思議な存在に出会ったことはない。精霊女王のようなマイラ様ならいるけどね！

「ですが、見間違いでも幽霊かもしれないという不安を煽るのには十分でしょう。想像力っていうのは豊かですからね、いくらだってあり得ないものを生み出せてしまいますわ。しかも駄目押しのような不審死の発覚。まるで誰かが仕組んだみたいだと思いません？　ましてや恐怖に顔を歪ませたままの姿っていうおまけ付きなんて」

私からしたら死に至った何かしらが彼らの身に起きたのだから、恐怖に顔を歪ませたまま、というのは当然の話だと思う。その何かしらだって、いくらだって考えつくことができる。迷い込んだだけの旅人だったら、食料が尽き飢えに苦しんだのかもしれない。罪人だったら追われる恐怖に負けて自死を選んだのかもしれない。山賊や野生の獣に襲われたという可能性だって十分にある。けれどそれが既に二つのストレス源に晒されて悪い方へ考えが向かっていたらどうだろう。

「不安に晒された人々は自分が思い描く最悪の展開を想像したでしょうね」

これが三つめのストレス源となったのは想像するにたやすい。一つ一つ解き明かしてしまえば恐れることなんて何一つないのに、三つの不安要素が重なったせいで不安や恐怖心を煽り高める結果になったのだ。

「つまり、事実がどうであれ、尾ひれがついた状態でこの三つのストレス源が噂として広がり、周辺の住人という集団内で強い不安や恐怖にパニックや妄想、または異常な興奮状態になり正常な思考能力が低下してしまった」

するとと何が、人々にどういった変化が訪れるか。

「心の余裕はなくなり、いつもとは違う行動をとる人だっているでしょう。例えば、不安や恐怖をかき消す為にお酒に溺れたり、普段怒らない人がイライラして怒鳴り散らしたあげく喧嘩したり。中には面白がって度胸試しで廃村に向かう若者だっていたかもしれません」

「はぁ……、まぁあり得ない話ではないですが……？」

この話の着地点がクライブ様には理解ができないようだ。首を傾げ、必死に嚙み砕こうと努力しているのが見ていてわかる。リアクションが大きいからね。

「思考能力が低下している状態で、普段と違う言動をとると高確率で何が起こると思いますか」

「……誘発的な事故や予期せぬトラブル、か」

そう答えたのはキースだ。

「そう。不安を紛らわせる為に呑んだお酒で前後不覚になった人が川で溺れるかもしれない。面白半分で廃村に向かった若者が足を踏み外して川や崖下に転落してしまうかもしれない。ちょっとした喧嘩が暴力に発展して、もしかしたらその喧嘩が理由での殺人事件なんて起きてしまうかもしれない」

大袈裟と思うのは簡単だ。けれど実際にパニックや妄想などの精神異常状態に陥ってしまうと、これらが起きる可能性は非常に高くなるのだ。

「その誘発的な事故やトラブルがまた不安や恐怖を増幅させ、疑心暗鬼が疑心暗鬼を呼び、更に悪い連鎖が周囲に広がっていく」

文献を読んだだけだから、全てを理解しているとは言えないが大きくは間違ってはいないと思う。

「何となくわかったような、わからないような……」

クライブ様は頭を捻《ひね》っているものの、

「つまり、その悪い連鎖とやらが『呪い』の正体ってことですか？」

と、核心に近い答えを出してきた。

「恐らく、ね」

これはあくまでも私の考えで、だ。あえて言うのなら、これが人為的なものなのか自然なものなのかで、『呪いの正体』が変わってくるけれど。

「ですので、私が考えるに『呪い』なんてもので起こった不審死ではなく、『集団ヒステリー』が引き起こした偶発的な事故死ですわ」

そう私はキースに言い切った。だからそんなに『呪い』なんて不確かなものを気にする必要はないと。私の心情としては笑い飛ばす勢いだったのだけれど、キースの表情はどうにも晴れない。

「納得できませんか？」

「……いや、理解はできる」

理解はできたけれど納得はできない、ということだろうか。

「廃村の周囲に起こったという不審死の原因をとことん追求すれば解明することですわよ。もちろん『呪い』なんていう強い思い込みを捨てて、ですけれども」

といっても、その不審死が何十年も昔の話なのであれば簡単ではない話ではある。だが『呪い』なんて非現実的なものよりずっと現実的だ。

「……まさかとは思いますが、表向きではない事情にまで呪いが何たらかんたら関係しているわけじゃないでしょうね？」

それはきっと確信だったのだろう。キースの頬がピクリと揺れ、また隣にいたクライブ様も何とも言えない半笑い。翁はにこにこと読めない笑みを浮かべているだけで、率先して口を挟もうとはしてこない。

「えー……？」

待て待て待て、と私の中で警報が鳴る。

よくよく考えなくても、わざわざ他国の人間に『これは表向きのお話ですよ』と付け加える必要ってどこにある？　表向きの話で十分ではないだろうか。というか、ここが呪いの廃村だろうと何だろうと私に何の関係があるのだろう、とザワザワと心が騒ぎ始める。

そもそも、どうしてガスパールと別行動をしてまで廃村に来る必要があった？　と今更ながらに気がついた。元々廃村を目指していたのは、キースの部下たちと合流する為だったはずだ。式典までに王都入りする為に。だが、それはガスパールとの協力を取り付けた今、絶対に合流する必要はなかったはずだ。式典までに王都入りを目指すなら、あのまま王都に向けて出発してもよかっただろうに。

では、なぜ私をここに連れてくる必要があったのか。部下との連携を取る為？　いくつものパターンを考えて作戦は伝えてあると言っていたのに？　こういう状況に陥る可能性があったのを予測していたのなら、部下との伝達方法だって確保していると考えるのが普通なわけで。

「ねえ、キース」

「……何だ」

「昨日もキースに訊いたわよね。今の私たちに必要な話なのかって」

呪いについて追及されそうになった時に。でもキースは必要がないと否定したのだ。じゃあ、なぜ今話すのか。

「もう一度訊くわよ、キース。その表向きではない事情を聞く必要が私にあるの？」

キースのその沈黙が答えだった。頭の中で合点がいった。

「あぁ……、なるほど。ここに特例親善大使《わたし》が襲われたことに関係がある何かがあるのですね」

だから私をここに連れてくる必要があったのだ。ガスパールたちがいる時に呪いについて話をしなかったのも国が関わっているから。私がリオたちとの関係をキースの前に打ち明けられなかったように、だ。そして、恐らくこの表向きのお話も国が介入して広めたものなのだろう。

「……ここにマーシャリィ・グレイシス嬢をお連れするようにおっしゃったのは女王陛下だ」

うんざりする。本当にうんざりする。何にって、いつまでも私をマーシャリィ・グレイシス《本物》だと認めないキースに、だ。

呆れ半分腹立たしさ半分でキースを睨めつけていると、

「よくそこまで頭が回りますねぇ」

と、空気を読まないクライブ様が笑った。いや、これはあえて空気を読まなかったに違いない。キースに苛立ちを覚えた私に向かって両目ウインクするクライブ様に、思わず気が抜ける。感謝はするが、そのお間抜けウインクは練習した方が良いと思う。

私は気を取り直し、

「そうしなければ生きていけない王宮《ばしょ》で過ごしてきましたから」

事実、裏の裏を読まなければとっくの昔に私は死んでいる。そんなことをしないで単純に無邪気に生きていけるなら、きっとそれは幸せ。だけどそんな生き方をする選択を私はしてこなかったし、これからもするつもりもない。マイラ様と共に生きていくには必要不可欠だから、だ。

「まぁ、いいですわ。それではその裏事情とやらを私に話してもらいましょうか」

さぁさぁさぁ、とせっつく。私を本物と認めないくせに、ここに連れてきたのだから勿体ぶらずに話しましょうね。

「なんでそんなに簡単に受け入れることができるんだ。もっと悩むとかしろよ」

それなのに、キースは私にそんなことを言ってくる。

「他に何を言えばいいのよ。今、この現状で私が何を言っても無駄でしょう？」

思わず口調が乱れる。どうせ何を言ってもこの状況は変わらないし、女王陛下が何を考えて私をこの廃村に私を連れてくるように命令したのかなんて、それこそ話を聞かなければわからない。それに、だ。

「あの方が私を巻き込む為にくそ面倒な方法をとるのは今日に始まった話ではないわ」

おっと失礼。『くそ』だなんて淑女が使う言葉ではなかったですわね、おほほ。けれどね、今現在の話だけではなく、一〇年前も私の意思など関係なく巻き込んでくれたことのある前科があるのよ、クワンダ国女王陛下は。だからこういうのは抵抗したところで無駄なのだ。むしろ自分から飛び込んだ方が良い結果を招くことを私は過去に学んでいる。

「それに、ここにいる時点で私はもう当事者だわ」

既に特例親善大使として留学生をクワンダへ送るだけが役目ではなくなっている。当初、目的であった式典に間に合うように王宮入りするのは当然のこと。でもクワンダ国女王陛下が私をここに連れてくるようにキースに命令を下したということは、求められているのはきっとそれ以上の何かだ。そしてその何かには『呪い』とやらが関係している。

「だが……っ」

「だがもクソもないわ。何をそんなに躊躇っているの」

クワンダ国内部で何かしらの問題が起こっているのは明白。それは同盟関係におけるグラン国にも及ぶ事柄なのだろう。

「キースが信じようが信じまいが、私はグラン国親善大使であり、グラン国王妃マイラ様筆頭侍女マーシャリィ・グレイシスなのよ！」

何が起ころうが、グラン国の為、ひいてはグラン国王妃マイラ様が為に全力で対応する。

「ぐだぐだしている暇はないわ。さっさと吐きなさい!!」

勢いのままガンとカップを机に叩き付ける。びっくりしたような眼差しが四つほど飛んできたが知ったことではない。それくらいウダウダとしているキースに苛立っているのだ。

「………俺たちが泊まった隠れ家があったろう？」

やっと観念したのだろう、キースが重い口を開いた。

「ええ。あの小さな家ね」

ここから徒歩で約半日ほどの所にある、寝室が一つしかない隠れ家。

「あの家を知っているのは女王陛下に近しい人間だけだ」

「へぇ」

それで？　と私は促す。

「……あの隠れ家で一人の男が亡くなった」

「まさか狂い死んだとでも？」

話の流れ的に察してしまった私の疑いを多分に含んだ問いにキースは頷く。

「男の名はアッシュ」

「…………何ですって……？」

その名に覚えがあった。

「正式名はアッシュ・アル・クワンダ。一〇年前に廃嫡された元クワンダ国王太子だ」

瞬時に一〇年前に相対した王太子の姿が私の頭の中に蘇る。

深紅の髪とアメジスト色の瞳のクワンダ国王族らしい姿を持った、それはとても精悍《せいかん》な男性だった。恋に溺れる前までの元王太子は、未来を期待されていた有能な人物だと誰もが口を揃《そろ》えて言っていたと聞いている。私はその姿を知らないが、当時の国王も臣下も、そして民からも大きな信頼を寄せられていたらしいとも。だが彼は道を間違えたのだ。たった一人の女性の為に国庫に手を付けるという過ちを犯し、王太子という地位をなくした。そしてその罪を暴き、彼を廃嫡に追い込んだのは現クワンダ国女王陛下と私だ。

「あの方が狂死された……？」

私の知っている元王太子は、廃嫡されたことがショックで心を病む、なんて殊勝なタイプではなかった。どちらかというと唯我独尊の気があり、廃嫡されたとはいえ虎視眈々《たんたん》と王太子の地位に返り咲くのを狙うような、自尊心の強いタイプだったはずだ。まさか恋に溺れ、王太子としての自分を失うほどに愛した女性と引き離され心が壊れたのだろうか。私にはその気持ちがわからない。

「それだけじゃない」

けれど私の狼狽《ろうばい》した様子を気にすることなく、否、視界に入れないから気づかないだけだ、キースは言葉を続ける。

「元王太子が亡くなると元側近たちも同じように狂死した。まるで連鎖するように、だ」

「……は？」

一瞬、耳がどうかしたかと思った。そのくらいとんでもない話である。一〇年前の彼らの顔が私の脳裏に蘇る。

「流行病……とかではなくて？」

辛うじて口から出たのは、そんな台詞。

「彼らのいた場所はそれぞれ距離がある。流行病で亡くなったとは思えない」

そんな記録もない、とキースは言った。

「ちょっと待ってちょうだい。まさか『呪い』で狂死した、なんて言うつもりじゃないでしょうね？」

馬鹿言わないで、と吐き捨てた。けれどキースだけではなく翁もクライブ様も神妙な顔つきで私を見つめた。

「貴女様がそう思いたいのも仕方のないことです。私とて直接目にしなければ『呪い』なんてものを信じることはなかったですからな」

　翁が静かな声で私に告げる。

「元王太子が亡くなられたところを直接見たというのですか？」

「えぇ、看取りました。私はアッシュ様の侍従ですからな。あの方がお生まれになって亡くなるまでずっとお側でお仕えしておりました」

「翁が元王太子の侍従……」

　あぁ、だからか、とそう私は思った。

「ここは元王太子の幽閉場所だったのですね」

　私がここに辿り着いて覚えた疑問。いくらこの廃村が昔栄えていたとしても、人が住む程度には整備されていた街路と、騎士ではない翁の存在。人けがないとはいえ、案内された屋敷に生活感があることも全て説明がつく。村として機能してはいなくとも人は住んでいたのだ。

「でも、だからといって『呪い』だと断定するのはおかしくはありませんか？」

　何度でも言うが『呪い』なんて不可思議なものは存在していない。いくら翁がそう言っても、それは他の要因が必ずあるはずだ。それが何かは私には見当も付かないけれども『呪い』なんてものは絶対にない、と私は言い切る。

「私はですね、アッシュ様が少しずつ正気を失っていくのを間近で見て参りました」

　穏やかに、けれど間違いなく悲しみが交じった声で翁は話し始めた。

「いくら私がお世話をしても、アッシュ様にとってここでの暮らしはそう簡単に慣れるものではなかったのでしょう。体調を崩されて、慣れない環境に体がついていかなかっただけだと、そう最初は思っておりました」

けれど異変はそこから既に始まっておったのです、とそう翁は目を伏せる。

「夢にうなされる夜が続き、日々憔悴《しょうすい》していかれた。悲鳴を上げ始め、暴れることさえありましたな。毎夜、必死に暴れるアッシュ様を押さえ、宥めすかし、落ち着かせ、それはまるで戦争のようでありました」

今よりはいくらか若いとはいえ、翁が成人男性である元王太子を押さえるのは簡単ではなかっただろう。けれど『戦争』と例えた翁の表情は決して辛そうなものではなく、慈しみに溢《あふ》れたもの。翁がどれだけ心を尽くし、元王太子に仕えてきたのか、私にはまるで自分のことのように汲《く》み取れた。

「それなのに、アッシュ様が毎夜うなされていることをご自覚されておられなかったのです。むしろいつまで経《た》っても体調が良くならないことを不思議に思っておられるくらいでしたから」

もう戻らない日々を懐かしく思ってか、ふふ、と翁は笑った。

「ですが体も心も正直なものです。そんな日々を過ごしていくうちに、アッシュ様は少しずつ壊れていかれた。起きている時さえ些細《ささい》なことで声を荒らげ、そうかと思えば狂ったように笑い出す。声もなく涙を流すこともあれば、泣き叫ぶ時もありましたな。私にできることは、ボロボロになっていくアッシュ様のお側にいることしかなかったのです」

それはどれだけ心苦しかっただろう。どれだけ自分の無力さを嘆いただろう。想像するだけで心臓がぎゅっと苦しくなる。

「次第にベッドから起き上がることもできなくなっていき、目もうつろに。最後には人の言葉すら忘れてしまわれた……。そのアッシュ様が放った言葉で、辛うじて理解できたのは側近の方々の名前でした。そしてもう一人、女性の名を呼んでおられました。どなたの名だと思われますかな？」

「……ソフィア・アンダーソン。彼の最愛の女性の名でしょう」

我を忘れ恋に溺れた元王太子が呼ぶのなら、その名以外にないと私は思った。けれど翁は静かに首を横に振り、

「アッシュ様が口にした名はマーシャリィ・グレイシス嬢、貴女様の名です」

そう言った。

「私の名ですって？」

「ええ、間違いなく貴女様の名です」

この耳でしっかりと聞きました、と翁は頷く。

「おや、随分と顔色が悪いですな。体調が良くないのではありませんかな？」

「え、ええ。少し風邪を引いてしまったみたいですの。でも、もう復調に向かっておりますわ」

なぜだろうか、翁の不意な問いに冷や汗が流れた。

「それは本当に風邪ですかな？　アッシュ様も最初はそう思っておられたのですよ」

探るような翁の視線に体がこわ張り言葉が出ない。

「夜、眠れておられますかな？　ご自分の感情を制御できなくなったことは？」

ドッドッドと心臓の音がやけに耳に響き始め、それはまるで翁の問いを肯定しているかのよう。

「アッシュ様は幻聴幻覚、幻臭にも苦しまれておられました。貴女様にその覚えは？」

知らずに体がびくりと震える。覚えがない、とは決して言えない。

「な、何がおっしゃいたいのかわかりませんわ」

「本当にわかりませんか？　あんなに聡《さと》い貴女様が？」

アッシュ様に名を呼ばれた側近の方々は後を追うようにして狂い死にしていかれたのですよ、と翁は囁いた。いや、囁いたように聞こえただけだ。

「やめてくださいませ。それではまるで側近の方々と私がアッシュ様に呪われたかのように聞こえます」

私の体調が悪いのは崖から川に落ちたせいで、決して『呪い』なんかのせいではない。

「そう言うております、マーシャリィ・グレイシス嬢。貴女様はアッシュ様に呪われておられる」

「な……っ!!」

ふざけるのも大概になさいませ、と声を荒らげ否定をしようとした私を止めたのは、どこからともなく聞こえてきた悲鳴。

「…………風鳴り……？」

何ていうタイミングだろう。気味が悪い、と私は二の腕をさする。

「おや、もうそんな時間ですか。随分と話し込んでしまいましたな」

先ほどまでの空気は一体何だったのだ、と思うくらい穏やかな口調で翁は言った。

「……え？」

「ほっほっほ。少々意地悪をしすぎましたかな」

意地悪だと？　それはつまりからかわれたということだろうか。

「相変わらずだな、翁」

「翁の手にかかったら才女と名高いマーシャ殿も形無しですね。さすが翁です」

「ほっほっほ、私もまだまだ現役ですな」

「え、え、えぇぇえ？？？」

それは一体どこからどこまで？

「私はそろそろ夕飯の支度をして参りますゆえ、皆様方はどうぞお寛《くつろ》ぎくだされ」

そう翁は笑いながら部屋を出ていってしまった。残されたのは苦笑しているキースとクライブ様。そして混乱収まらぬ私だ。

「もしかして、翁と一緒になって私をからかったの？」

神妙な顔つきでいたのはその為だったのか、とそう思った。憤慨する私にキースもクライブ殿も肩を竦める。

「別にそうじゃないが……」

「じゃあ何よ！」

翁の話に心を痛めた私が馬鹿みたいじゃない。

「俺がお前に対して可愛くないと言ったから、翁が気を利かせてくれただけだ」

「意味がわからない！」

どういう意図であれが気を利かすということになるのか、本当に理解ができなかった。

「お前はわからないままで良い。それに翁の話は全て真実だ。嘘は何一つ言っていない」

「今更そんなこと言われても信じないわよ！」

どうせ私を怖がらせたいだけだ。

「私が『呪い』にかかっているですって？」

馬鹿馬鹿しい。少しでも信じそうになった自分を殴ってやりたい。

「頼むから落ち着いてくれ」

「落ち着いているわよ！」

確かに腹は立っているけれど、頭は混乱からはもう脱している。

「いいか、よく聞けよ」

そう言っておもむろに私の両肩を摑んだキース。

「覚えていないようだが、お前は昨夜うなされていた。それを知っているのは俺だけじゃない。うなされていたお前を看病したのは子分だ」

「熱を出していたんだからうなされるくらいするわよ」

熱でうなされるなんて当たり前の話だ。

「俺だって呪いなんて馬鹿げたものが存在するなんて信じているわけじゃない」

「当然よ！」

そんなものがあるわけがないと、私は最初からそう言っている。

「お前がうなされていたのは昨夜だけじゃないんだよ。隠れ家でもお前はうなされていた……いや、あれはもう発狂していたと言っても過言じゃないっ」

「は……ぁ？　何を言って……」

そんな戯《ざ》れ言を、と一蹴するのは簡単だった。いくら私の両肩を摑むキースの目が真剣だろうが鼻で笑うだけでいい。それなのに、

「……信じないわ」

口からこぼれたのは、あからさまに虚勢を張ったとわかる震える声だった。

第九章

子爵令嬢《わたし》が筆頭侍女《わたし》になったわけ

夜も更けた深夜、私は自分の悲鳴で飛び起きた。

「は、っ……はっ、は……っ！」

心臓がうるさいほどに鳴っている。息は弾み、翁が用意してくれた夜着は汗でぐっしょりと濡《ぬ》れていた。道理でやけに喉が渇いているはずである。

私は息を整え、サイドテーブルに置かれている水差しを手に取った。震える手で何とか水を注ぎグラスを口に運んだ。ほんのりと冷たい水が喉を通り体中に染み渡っていく。そこでやっと私はほっと息を吐くことができた。

「……全く、嫌になるわ」

心底、そう思った。思い出すのは翁の話した元王太子の『呪い』だ。

「簡単に飲み込まれるんじゃないわよっ！」

呪いなんてないと何度も否定しておいて、まんまと悪夢を見て飛び起きるとは我ながら情けない。

「大丈夫、私は大丈夫よ」

だってほら、今の私は悪夢に怯えているというより己の情けなさに腹を立てている。『呪い』なんてくだらないものに飲み込まれてやるものですか。一〇〇万歩譲って翁が言うように元王太子の『呪い』とやらにかかっていたとしても、そんなものには負けない。元王太子の『呪い』がなんだ。死人より生きている人間の方がどう考えても強いに決まっているんだから負ける道理がない。元王太子も呪いという文句があるんだったら生きているうちに言いなさいよね、言えるものならね、ふん！

「あー、もう嫌ね。目が冴《さ》えちゃったじゃないの」

誰に言うでもなく文句を呟き、私はストールを手に取った。これも翁が用意してくれたものだ。廃村でひっそりと生活をしていた割には手触りのいい上等のストールである。元とはいえ、さすが王族が使用していた物だ。私はそれを羽織り静かに部屋の外に出た。夜も深く、屋敷は不気味なほど静まり返っている。けれど窓から差し込む月明かりで全く恐怖を感じなかった。

階下に下り、目指すは炊事場。水で喉は潤ったものの、目が冴えてしまった私が求めるものは温かいお茶だ。就寝する前に翁が「ご自由に」と案内してくれたお茶が保管されている棚に私の好きなハーブティーがあるのをしっかりとチェックしていたのだ。ありがたく頂戴しよう。私のこの荒《すさ》んだ心をハーブティーが癒してほしい。

そわそわと足早に向かうと、炊事場から明かりが漏れているのに気がついた。

「あら？」

こんな夜更けに誰だろう、と私は不思議に思いながらそっと炊事場を覗き込んだ。そこにいたのは、お湯を沸かそうと鍋を火にかけているキースの姿だった。

「来たか」

キースはこちらを見て驚きもせずにそう言った。

「来たかって、私が来ることをわかっていたの？」

「予想はしてた」

つまり私がうなされると予想していたから驚かなかった、と。

「それはそれで腹が立つわね」

「拗ねるなよ」

「拗ねてないわよ」

癪に障るだけだ。

「じゃあ膨れるなよ。頬がまんじゅうみたいだぞ」

そう笑われて頬に手を当てて自分でびっくり。無意識のうちに頬を膨らませていた自分に顔が真っ赤になったのがわかった。

「きぃ……っ！」

「くく、唸るな、唸るな。ほら、俺様自ら淹れてやったお茶だ。ありがたく飲めよ」

「言い方が気に食わないぃ！」

恥ずかしい上に腹が立つ。

「いらないのか？」

「いるわよ！」

誰も飲まない、なんて言ってない。しかもしっかりと私が飲みたいと思っていたハーブティーだ。腹が立つがお茶は飲みたいに決まっている。私は喉を鳴らして笑うキースをキッと睨みながら差し出されたカップを受け取った。キースの淹れてくれたハーブティーに鼻を近づけ香りを楽しむ。うん、良い香りである。不本意だけどキースのくせにお茶を淹れるのが上手じゃない。

「褒めてくれても良いぞ」

ニヤニヤと催促するキースは気に食わない。気に食わないが、だがしかし。

「おいしい、ありがとう」

憎まれ口を叩くその裏で、実は優しくされているのはきちんとわかっている。

「そう素直だと逆に気持ち悪いな」

そう言いながらも口元ゆるゆるなんですが？　まぁ、いいけど。

「こぼすなよ」

「子供扱いしないで」

一つとはいえキースの方が年下だ。

「何よ、その目」

じとーっとした視線。もう何度こんな視線を向けられただろうね。いい加減飽きてきた。

「言いたいことがあれば言えば？」

受けて立つわよ、この野郎。と戦闘態勢を取る私にキースは肺の空気を全部吐き出すようなため息をついた。

「……よくわからなくなった」

「何がよ？」

主語がない、主語が。そんなので会話は成り立ちませんから。

「子供扱いするなというが、お前はどう見ても俺より年下の一〇代の小娘だ。手も早いし足癖も悪い、口も立てば喧嘩も早い」

「それに応戦してきたのは誰よ」

いくら私が生意気だったとしても騎士たる者が女性に手を上げるなんて言語道断である。キースにだけは言われたくはない。

「それは悪かったって言っただろう。どうかしてたんだよ、俺も」

「どうか、ねぇ？」

何よ、その言い訳になっていない言い訳は。まぁ、私も大人げなかったとは思うけれども。

「そういうところだ。俺様にそんな態度をするのはお前くらいだぞ」

「あら、それは申し訳ありませんでしたわ。今後は改めますわ、ほほほ」

イラッとしたので淑女モード発動である。というか私だってキースが淑女扱いしてくれれば相応の対応をするのだ。私を軽んじるから同じように敬意を持って接したいとは思わないだけだ。

「だからそれはやめろと言っているだろ、気持ち悪い」

「じゃあ文句を言わないでよ」

「文句じゃない。ただな、お前といると混乱するんだよ」

だから何がわからなくて混乱しているのよ、と私はキースを見上げた。

「貴族令嬢らしからぬ振る舞いをするかと思えば、こちらがびっくりするくらいの教養の高さを見せてくる」

「それで？」

「不本意だが、俺様のマーシャリィ・グレイシスがお前に被って見えることもある。とてつもなく不本意だがな！」

不本意を二回も言ったわね、しかも強調したわね、嫌みたらしい。キースの言うマーシャリィ・グレイシスなんてこの世に存在してないのよ、はい、ザンネーン！

「信じないのは結構だけれどね、約束は守ってもらうわよ」

「わかってる。約束は守る。だがそうじゃなくてだな」

キースは頭をガシガシとかきむしり苛立った様子を見せる。

「もう、さっきから何が言いたいのよ。簡潔に言いなさいよ、簡潔に」

私が貴族令嬢に見えないからマーシャリィ・グレイシスだと信じられないというのは、もう聞き飽きたわよ。

「少しは大人しく聞けよ。それとも『呪い』のせいでそれができないのか？」

「っ違うわよ」

確かにイライラはしているけれど断じて『呪い』なんかのせいではない。私は自分を落ち着かせる為にキースの淹れてくれたハーブティーを口に運ぶ。うん、美味しいし良い香りだ。

「……悪かったわ。どうぞ続けてちょうだい」

もう余計な突っ込みはしないわ。『呪い』なんてもののせいにされたくないし、仕方がないから我慢してあげる。

「だからな、俺様が考えた。貴族令嬢でも庶民でもないのなら裏稼業の人間じゃないのか、となし」

「えー……」

考えて出た結論がそれってどうなんだろう。思いっきり顔は歪んじゃったよね、うん。

「まぁ聞けよ。お前と俺様が初めて会った時のことを覚えているか？」

「当たり前でしょ」

シエルを庇《かば》って崖から落下した時のことだ。それはたった数日前の出来事で、落下中、生存の可能性に目を開けたら、とんでもない美形が飛び込んできて忘れようのない衝撃があったのだ。とはいえ中身を知った今は衝撃度半減しているけれど。

「お前の目は死を覚悟したものじゃなかった。崖から落下しているという状況で、だ」

「さすがに直前までは覚悟してたわよ。でも水の音で川が流れているのに気がついたら希望もわくってものでしょう？」

私はそう言うが、キースは大きく首を横に振った。

「それだけじゃない。お前は水の中で力を抜き俺に体を任せてきた」

「そうしなきゃ、助けに来てくれた人を道連れにしてしまうじゃないの」

「それが頭でわかっていてもそう簡単にできることじゃない」

「んー？　それはそうかもしれないけれど……？」

どうしよう。キースの話の意図がわからない。

「あの状況下でそんな対応ができるのは訓練を受けたことがあるからだろ。裏稼業の人間なら変に鋭いのも、学者しか読みそうにない文献の内容を知っているのも説明がつく」

だが、とキースは今まで以上にない深いため息をついた。

「それにしては我が強い。その上、初心《うぶ》で間が抜けてるとか裏の人間が務まるわけがない」

「う、うん？」

「裏稼業の人間てのは自分の感情を表に出さないものだ。ましてやお前のように表情をくるくる変えたりしない」

「演技かもしれないじゃない」

裏稼業の人間だったら演技くらいお茶の子さいさいでしょうに。

「顔だけならまだしも、何を考えているのか丸わかりなのはお前の目だよ。もしこれが演技だったとしたら、俺様の目を欺ける手練《てだ》れの人間ってことになる。だが、お前はどう見てもそんな風には見えない」

「えー……」

裏稼業の人間ではないとはいえ、こちらとら一〇年ほど王宮に勤めているのだ。ポーカーフェイスはお手のものなのに大変不本意である。

「おかしいわねぇ」

以前ライニール様とデートという名のお使いの時に似たようなことを言われた。バチンと小気味良いウインクを飛ばしてきたライニール様を思い出して、やはり私は首を傾げる。だってライニール様にはそれは信用している人の前だけで、それ以外には立派な眼鏡をつけている、とも言われたはずなのに。

私はお茶を一口含み、そしてまたキースの顔をじぃっと見つめてみる。

「何だよ？」

その視線にキースが気味悪そうに顔を歪める。

「いえ、別に」

そう言って私はまたお茶を一口飲む。

別にキースを信用していないとは言わない。あぁ違う、私が信じているのはクワンダ国近衛騎士隊長という肩書きだ。それがなければ命を助けられたからといって信用していない。それなのにライニール様曰く立派な眼鏡を紛失しただと？

「一体どこに落としてきたのかしら？」

なんて冗談交じりに呟いて笑えれば良かった。けれどどうしてだろう。胸の中に違和感が残る。

「どうした？」

私の顔を覗き込んだキースの顔が視界に映り、私は首を横に振る。そしてキースに向かって口を開こうとして、

「いえ、何か変な感じがしただけ」

この覚えのある違和感はリオたちと会った時に起こったフラッシュバックの時にもあったものだ。

「言っておくけど『呪い』なんかじゃないわよ」

だが私が男性恐怖症であったことしか知らないキースは『呪い』に結び付けるだろう。私が『呪い』じゃないと否定しても、キースの顔が納得はしていない。この付きまとう違和感の正体がわかれば、そしてそれをキースに話すことができたなら、少なからずこの症状に理解は得られ、またキースも安心するだろう。でも私にはそれを口にすることができなかった。それはキースが他国の人間だからという理由だけではないのを、私は頭の片隅で自覚もしていた。

「心配いらないわ。私なら大丈夫よ」

だからそんな顔しないでよ、と私はキースに微笑みかける。

「…………俺はお前が本当にわからない」

「私をこれ以上知る必要がある？」

必要以上に親しくなる理由はない。どうせ事が終われば個人間での関係は一切なくなるのだ。私とキースの間に必要なのはクワンダ女王陛下の名の下にある協力関係だけでいい。

「頑なにマーシャリィ・グレイシスだと認めないくせに笑わせてくれるわ」

そう鼻で笑う。キースのことだから何か反論してくるかと思いきや、何も言わずに私を窺うような視線を向けて、

「だから知りたい。どんな生き方をしてくれば、お前みたいなアンバランスな女ができるのか」

キースは今までにないほど静かな声音と眼差しで言った。

「どんなと言われても……どんな、ねぇ……？」

単純な疑問なのか、もしくは本当に私という人間に興味があるのか。それは私には判断が付かなかった。何よりだ、キースの問いにどう答えればいいのか、自分自身のことだというのに言葉に詰まってしまう。

「私は……そう、一生懸命生きてきただけだわ」

蘇る記憶はマイラ様の侍女として生きてきた一〇年間だ。けれどそれを知らないキースには理解はできないだろう。案の定、彼は不可解な面持ちで私を見つめている。

「貴族令嬢のままだったら、今私はここにいないわ。生き抜く為に、守り抜く為に私は変わったの」

そこにはできるできないという選択肢はない。やるしかなかった。どんなにはしたないと苦言を呈されても、小賢《こざか》しいと蔑まれても、私は生き抜く為の手段を貪欲に求めたのだ。

「普通に生きていたいとは思わなかったのか？」

「そんなこと想像すらしたくないわ、冗談じゃない！」

思わず大きな声が私の口から飛び出した。キースがいきなりの大声に驚いたのはわかっていたが、憤りのまま言葉は溢れ出す。いつもの私ならここで思い止《とど》まるところなのに、どうしてだろう、全くと言っていいほど口は閉じてくれない。

「もし私が『普通』を選んでいたら、あの脳内お花畑野郎と結婚まっしぐらだったのよ。冗談じゃないわ、気持ち悪い。なんでよその女性に心を寄せているクソ野郎となんか結ばれなきゃいけないの！」

しかも、だ。あのクソ野郎と婚姻を結んでいたなら、間違いなく夫（とか想像でも言いたくない）の想い人である王弟妃に夫婦で仕えることを望まれただろう。そしてそれは間違いなく拒めない。うっわ、最低最悪、気持ち悪ぅ！

「百歩譲って……いいえ、全く譲れないわね。譲れはしないけど、確かに恋に落ちるって自分でもどうしようもないことだっていうことくらいは知っているわ。でもね、人間には理性ってものがあるのよ。本能に負けてどうするの。相手があることなのよ、自制くらいしなさい、子供じゃないのよ⁉　どうしても気持ちを隠し通せなかったのなら、まず誠意を見せるべきでしょうが、誠意を！」

誠意どころか謝罪の一つもないなんて、あいつの騎士道は何処《いずこ》よ？

「それだけならまだしも、やっと破棄できたのになんでまだ私に付きまとうかな、あのど屑ノータリン共は!!」

厚顔無恥にもほどがあるでしょう！　私はそんな暇じゃないのよ、うっとうしいったらありゃしない。

「しーかーも、私とダグラス様があらぬ仲だと盛大な勘違いなんてしやがって……っ！」

お口が悪いことは重々承知だ。でも止まらない。

「ダグラス……、もしかしてダグラス・ウォーレン殿か？」

「そうよ。クワンダ国でもその名は知られているでしょう？」

私が直接的に知るダグラス様がどんなにアレな性格だとしても、他国でも名高いグラン国屈指の剣士だというのは事実なのだから。

「彼とお前が？」

「だーかーら、クソ面倒くさい勘違いをされて大迷惑だって話！　私はアレらとは違うのよ。ちゃんと理性の利く大人なの！　もう、いやいやいやいや、鳥肌止まらないんですけど、冗談でもそんなこと言わないでちょうだいよ。うわぁ、本当にやだ。ないないないない、あり得ない。いやぁあ！」

もう嫌悪とかそんな生ぬるいものではない。きちんとした婚約者《あいて》がいながら簡単に心を移す愚か者と私と一緒にしないで。私は理性も自制もきちんと持ち合わせているの。そんな恥知らずじゃないの。

「お、落ち着け。ほら、お茶を飲め、な？」

ギャーギャーと騒がしい私を落ち着かせる為か、新しく淹れ直したのだろうハーブティーが差し出された。うむ、無駄に良い香りである。

「ふぅ……、ごめんなさいね。でも本当に心の奥底からしみじみと思っているの。『普通』を選ばなくって良かったって！」

こぶしを握りしめての力説である。呆気《あっけ》にとられた顔をしているキースのことなんて見えちゃいない。頭の中はアンポンタンらから少しでも離れたいという願望でいっぱいだ。

「脳内お花畑とかノータリンとかアレとかよくわからんが、お前が苦労しているのはよくわかった」

そんなに哀れむような眼差しを向けないでちょうだい。欲しいのは同情じゃない。心の安定だ。

「マイラ様の為ならどうってことはないけれどね、あの厚い面の皮を被った恥知らずかつ反省のハの字すら省みないアレらに対しての苦労なんてしたくないし無理!!」

どうしても受け入れられない。全身を走る体調不良とは関係がない悪寒に、私は自分の体を抱きしめた。

「その、何だ、ノータリン共の話は別として、ダグラス・ウォーレンとはどんな関係なんだ？」

「はぁ？」

なぜそんなことを訊くのか、私は盛大に顔をしかめた。

「まさか、キースまで私とダグラス様があらぬ仲だとか言い出すんじゃないでしょうね」

ムカムカとお腹の奥底から苛立ちがわき上がる。

「待て、違うから待て」

「じゃあ、どういう意味よ！」

納得ができる答えでなければ、私の足がキースの足の甲へ吸い込まれるけど？

「いや、だからな。貴族でも平民でも裏稼業の人間でもないなら、ダグラス・ウォーレンの部下じゃないか？　とそう思ったわけだ、うん」

だから決して『あらぬ仲』とか疑っているわけじゃない、とキースは言った。

「ダグラス様の部下なら私は騎士よ？」

文官でさえ女性を雇用しないのだ。騎士なんてとんでもない。

「だよな。お前の手は剣士の手じゃないものな」

「そうよ。馬鹿ね」

いくら私をマーシャリィ・グレイシスと認めたくないからといって、女騎士は突拍子もなさすぎる。

「だが『あらぬ仲』を疑われるくらいには親しくしているんだろう？」

「親しくない、とは言わないわね」

自称私の兄を騙るくらいだ。むかっ腹も立つことも多いが、良くしてもらっている自覚もあれば、ダグラス様曰く『代わりのいない人』と言ってもらえるくらいには信用も信頼もされている自信もある。

だが改めて関係性と問われると、これといってしっくり当てはまる単語が見つからない。

例えばこれがガスパールなら、知り合いという名の『友人』だし、ライニール様は共にマイラ様にお仕えする『同僚』。マイラ様は言わずもがな敬愛する『主』で、マリィは同じ王妃付き侍女であるが気持ち的には『教え子』だろう。メアリは私の『メイド』にして未来の『継母《ままはは》』である。多分一番近いのはライニール様と同じ『同僚』だ。でも何か違う。

「そうねぇ、あえて言うのであれば『同志』かしら」

「同志？」

「そう、同志」

今でこそラインハルト陛下が王位についているが、二年前までグラン国は王位継承争いで荒れていたのだ。私はマイラ様を、ダグラス様はラインハルト陛下をお守りしていた。お互いの主が伴侶同士であることから協力し合うのは当然のこと。

「あとは、うん。『転機』かな」

それは人との関係性を表す単語としては間違った使い方かもしれない。案の定、キースは困惑した顔して私を見つめている。

「ちょっと長くなるかもしれないけれど、それでも話を聞く気がある？」

あと数刻もすれば日が昇り、忙しない明日が来るだろう。それでも聞きたいというのなら、どうせ眠れやしないのだから話をすることは構わない。

どうする？　と再度答えを促すと、キースは私を見つめたまま頷いた。


それはグラン国王位継承争いが活発になっていた時期、マイラ様が王太子妃として初めて参加した王家主催の狩猟大会の日のことだった。

やられた、と自覚した時にはもう既に遅く、マイラ様とマリィ、そして私の三人は薄暗い森深くに迷い込んでいた。

「マーシャ、ごめんなさい」

涙交じりのか細い声でマイラ様は私を見上げ、そしてマイラ様の傍らにいるマリィもばつの悪い顔をしている。

「お説教は王宮に戻ってからです」

覚悟しておきなさい、と私は二人を見下ろしながら言い放った。声音から感じ取れる怒気にマイラ様とマリィは肩を震わせる。そのくらい私は浅はかな行動をした二人に憤りを感じていたのだ。

口を酸っぱくして何度も何度も勝手な行動は慎みなさい、まず私に聞いてから動きなさいと言い聞かせていたのに、初めての狩猟大会に好奇心が抑えきれなかったのだろう、敵に誘われるがままに罠《わな》にはまり、こうやって命の危機に晒されている。

「まずはどうやって天幕に戻るかです。マリィ、来た道は覚えている？」

「……わからない」

消え入りそうな声だ。マリィは自分の失態を自覚しているのだろう。守るべきマイラ様を危険に晒したのは間違いなく自分だと。だからこそいたたまれない思いに苛《さいな》まれて、心の中はそれでいっぱいなはずだ。慰めてあげるのは簡単。でも、それは今じゃない。

「しっかりしなさい、マリィ。起こってしまったことを後悔しても現実は変わらないわ」

私の叱咤《しった》にマリィの喉がぐっと鳴った。泣き出したいだろうに、それでも顔を上げたマリィの瞳には少しの涙も滲んでいなかった。さすが私が見込んだ子だ。

「恐らく近衛が私たちを捜しているでしょうから、刺客に見つかる前に彼らと合流しますよ」

いいわね、とマイラ様とマリィを見下ろして告げる。

「でもどうやって？」

そう問われてすぐ答えられる考えを私は持っていなかった。薄暗い木々に囲まれて太陽の位置から方位を推測することはできない。またむやみに歩き回るとさらに奥に迷い込んでしまうかもしれない。

「お二人とも獣除けの匂い袋は持っていますよね？」

それは念の為の確認だった。狩猟大会の参加が決まった時、万が一を考えて渡しておいたのだ。

「ちゃんと持ってるわ！」

「も、もちろんですぅ」

ならよろしい、と私は頷いた。それから頭の中で必死に『森で迷った時の心得』という本の内容を思い出していた。

むやみに歩き回ってはいけない。だからといって安穏と救援が来るまで待つなんてことも、いつ何時刺客が襲ってくるかわからない状況ではできない。

私はぐるりと周囲を見回した。どこを見ても同じような木ばかり。

「ひとまずは拠点を作りましょう。むやみに歩き回ってさらに迷うよりは救援を待つ方が安全ですから」

「でもマーシャさん。刺客がいつ襲ってくるかわからないですよぉ」

「ええ、そうでしょうね。だから見つからない所に拠点を作ればいいんです」

「でもどこに隠れるというの？　木ばかりで隠れる所なんてないわ」

不安そうなマイラ様に私は笑って答える。

「その木に隠れるんですよ」

え？　と二人が目を瞬かせる。

「刺客は私たちを他殺ではなく事故死に見せかけたいはずです」

王位争いの中、王太子妃が王家主催の狩猟会で殺されたなんて醜聞を犯すほど相手は馬鹿じゃない。疑われるのは間違いなく第二王子を王位にと望んでいるから。

「狩猟会で事故を装うのだったら、獣に襲われての死というのが妥当でしょう。いくら獣除けの匂い袋を身に着けていても、襲われる時は襲われますからね」

なら対策は獣の手の届かない場所に身を隠すのが一番だ。しかもこれだけ葉が生い茂っている木なら私たちの姿を刺客から隠してもくれるだろう。もちろん絶対に安全とは言えないが、このまま森を彷徨い続けるよりずっとマシだ。

「でもそれでは近衛も私たちを見つけられないわ、マーシャ」

「それも大丈夫です。これがありますから」

そう言ってポケットから取り出したのは鳥笛だ。それも特殊な鳥笛で、人間には聞こえない音で伝書用の鳥を呼び寄せることができる代物である。これは今の事態を予見して準備していたわけではない。ただ日常的に王太子、実際には王太子の乳兄弟であるダグラス様ではあるが、連携を取る為の連絡手段としてそのまま持ち歩いていただけである。これを使えば、ダグラス様に今の私たちの居場所を知らせることができるだろう。

「マリィ、木に登って安全を確認したらこれを思いっきり吹きなさい」

いいわね、と言い聞かせるとマリィは不安そうに瞳を揺らしながらもコクリと頷いた。

「さぁ、急ぐわよ」

まずはマリィを木に登らせる。木登りの経験があるマリィは身軽にひょいひょいと登っていくが、マイラ様はそうはいかない。だからマリィが引っ張り上げるようにして何とか登らせた。

「もう少し登って、まだ下から見えるわ」

きちんと姿を隠せるように、でも自力で下りられるような高さまで登らせる。

「まだ見えますかぁ?」

マリィの声が少し遠くから聞こえてきた。

「そこで大丈夫よ。木の蔓《つる》で命綱を作るのを忘れないで」

もしバランスを崩して落ちそうになっても大丈夫なように、私はそう言い付ける。マイラ様とマリィの返事が聞こえ、これでひとまずは安心だろう。獣に襲われるという脅威は避けられたはずだ。あと残ったのは私だけ。ここで困ったのが、私もマイラ様同様木登り未経験者ということ。できるだけ登りやすそうな、けれど確実に身を隠せる木を一本ずつ調べていると、マリィが大きく声を上げた。

「マーシャさん、危ない!!」

その大声に顔を上げると、私に向かって何かが飛んでくるのがわかった。だが勢いよく向かってくるそれを私は避けることができず、ただ条件反射で体を竦ませる。

「きゃあ!」

それが功を奏したのか、命中することはなかったが、すぐ傍にある木にぶつかり私の頭上から何かが降り注いだ。

「……っ」

その飛び散った何か。それは鼻につく生臭い異臭を放つ血だ。

心臓の音が大きく跳ねる中、その血が飛んできた方向に顔を向けると馬に乗った覆面を被った数人の男の姿が見えた。それなりの距離があるものの、その中の一人が持っているスリングらしきもので投げつけてきたのだ。

「くたばれ、あばずれが！」

用は済んだと言わんばかりに踵《きびす》を返し走り去っていく男から投げつけられた罵倒。思考が一瞬止まったような気がした。

「マーシャ！」

我を取り戻してくれたのはマイラ様の悲痛な叫び声。この状況が一体どういうことなのか、一気に頭の中で駆け巡る。それと同時にマイラ様とマリィがいる木から木の葉が落ちてきて、

「下りてきてはいけません!!」

私は大きな声でそう叫んだ。私を案じて下りてこようとしたのだ。

考えている暇はない。いつ、血に誘われた獣が襲ってくるかわからないのだ。それは決して野生の獣だけとも限らない。私の予想が正しければ、間違いなく襲わせる為に飢えた獣が刺客によって放たれるはずだろう。

「二人とも、そのまま聞きなさい！」

私は恐怖を必死に堪えながら、二人がいる木に向かって声を張り上げた。姿は見えない

けれど、でもそこで私の言葉を聞いているだろう。

「二人ともわかっていますね」

マリィの顔はこわ張っているに違いない。マイラ様はそんなマリィにしがみついているに違いない。そして私が何をするのか、何を話そうとしているのか、彼女たちはもう察しているはず。

「どんなに怖くても、泣きたくても声に出してはいけません。息を、気配を殺すのです。そして何があっても、何が聞こえても、そこから動いてはいけません！」

それが私の悲鳴だったとしても。その言葉は言わずともきっとわかってくれたはず。

「マリィ、後は任せます」

そう言い放ったと同時に野犬の遠吠《ぼ》えが轟《とどろ》き、私は駆け出した。嫌だと叫ぶマイラ様を無視して、少しでも二人から離れる為に震える足を必死に動かす。どこに逃げるのかなんて自分でもわからない。それでも足を止めるわけにはいかなかった。

少しずつ近づいてくる野犬の鳴き声。息を切らしているのは自分か、それとも野犬の息遣いなのか、後ろを振り向く勇気はない。けれど確実に複数の足音が私に迫ってきているのがわかった。

そんな中、だ。野犬の足音に交じって聞こえきた蹄の音と、私の名を呼ぶ声に希望が胸に込み上げる。これはダグラス様の声だ。

「止まるな、走れ！」

思ったより随分と早く助けに来てくれた。これならもう大丈夫だと、足を止めそうになった私に飛ばされたのはダグラス様の怒号にも似た叱咤。けれど体力のない私の足は限界だったのだろう、何かにつまずくでもなくもつれた足に体が勢いのまま地面に叩きつけられ、激痛が私を襲い、転んだことに慌てて起き上がろうとしても痛みで体が動かせない。懸命に体を起こそうと顔を上げた私の視界に映ったのは、間近に迫る多数の野犬の姿だ。

「ひ……っ！」

あまりの恐怖にひきつれた声が喉からこぼれ、野犬が涎《よだれ》をたらし今にも飛びかからんとしたその時だ。

「マーシャ！」

野犬の背後から飛び出してきた馬に乗ったダグラス様の腕が私の体をすくい取り、一瞬の浮遊感。そして気がついた時には抱きしめられるようにして馬上にいた。

「間一髪だったな」

そう言うダグラス様といえども、肩越しに見える複数の野犬はまだ獲物《わたし》を諦めた様子はない。ダグラス様と共に来た二人の近衛騎士が野犬を蹴散らしているものの、数が多くて対処しきれないようだ。

軍馬といえど、私を乗せた分だけ馬の脚は遅くなっている。確実に距離を詰めてくる野犬にこのままでは数に押し切られる、そう素人目でもはっきりとわかってしまった。

「ダ、ダグラス様……っ」

ここは私を置いていくべきではないか、そう脳裏に過る。犠牲になるのは私だけでいい、なんて自己犠牲精神からそう思ったのではない。王位争いが激化している今、たかだか侍女と近衛騎士であるダグラス様のどちらが必要とされるか、冷静かつ他人事のように私の脳が判断してしまったのだ。ダグラス様に告げられるより先に、自らそう申し出るべきだと、だから名を呼んだのに。

「馬鹿なことを考えるなよ」

怒鳴るでもなく、冷静な声音のダグラス様に私は何も言えなくなった。

「ダグラス隊長、これ以上は無理です!」

後方の近衛騎士がそう叫び、ダグラス様が大きく頷く。

「散開せよ!」

そのダグラス様の号令で近衛が方々へ馬を走らせていく。それに釣られまた野犬も散らばり、私たちを追ってくる野犬の数が減った。それでも血の匂いをつけた私がいるせいか、残った野犬はダグラス様一人で追い払えるような数ではない。ましてや私という足手まといがいるのだから、尚更だ。

「振り落とされないようしっかりしがみつけ! 絶対に離すなよ!!」

とうとう野犬が馬に追いつき並走し始め、しかも進路をふさぐように犬同士で連携を取っている。これはただの野犬じゃない。特殊な訓練を積んだ軍犬だ。

こんなに爆走している馬に乗るなんて経験があるはずもない私は目すら開けられず、必死に唇を噛みしめて、ダグラス様の言う通りにしがみつく以外にできることがない。時折、軍犬のキャインと高い鳴き声が聞こえ、ダグラス様が馬上から剣を振るっているのがわかった。確実に軍犬の数は減っているはずなのに、追ってくる足音はなくならない。このままでは事態が悪くなっていく一方だ。私がいなければ、ここで手を離せばダグラス様は助かる。ほんの少し腕の力を緩めるだけでいいのだ。

ごめんなさい。そう心の中で詫《わ》びて体の力を抜いた。落ちるというより、ふわっと宙に浮いたような感覚。そして地面に叩きつけられる衝撃に身を固くしてその瞬間を待った。けれど体に加わったのは、跳ね飛ばされたような衝撃。

「っ！」

なぜと状況を把握するよりも先に私の体は温もりに包まれ、次の瞬間には息ができなくなった。口からゴポリと空気がこぼれ、そこで初めて水の中にいるのを自覚した。上も下もわからない状況で息もできず、空気を求めて必死に手足をばたつかせるが、水を吸ったお仕着せが体にまとわりついて思うように体が動かせない。何がどうなってこんなことになっているのか、私にはわからなかった。ただただ苦しくて、息が続かない。先ほどまであった温もりもいつの間にか消えていて、冷静なんて保てるはずがなかった。パニックに陥った私は暴れた。もがいて、必死にもがいて、でも体力も息も限界はすぐそこで。

少しずつ薄くなっていく意識の中、こちらに伸びてくる手が見えた気がした。死に際に見る幻だろうか、私はそれに向かって必死に手を伸ばした。その手が現実だとわかったのは、水の抵抗をものともしないすごい力で体が引き上げられていったから。

水面から顔を出した時、求めていた空気に無我夢中で息を吸って勢いのまま咳き込んだ。

「ごほっ、ぁ、はぁ、はぁ……ダ、グラ、スさ、ぇほっ、ま」

溺れていたのを助けてくれたのはダグラス様だ。なんで、と泣きそうになりながら彼の名を呼んだ。だって私は彼を助ける為に手を離したのに。

「大人しくしろ、暴れるな」

それはひどく冷たい声で、パニックの治まらない私を大人しくさせるには効果てき面、逆に体が硬直してしまうほどの威力があった。だがそれをものともせずダグラス様は私を連れて陸を目指して泳いでいる。そして足がつく所まで来た時に、腕からダグラス様の手が離れていき、その時に感じた気持ちを何と言えばいいのだろう。

「ダグラス様！」

意識もせず手をダグラス様に伸ばして、それから次の瞬間、パァンと大きな音が鳴った。

「っ！」

一瞬何が起こったのか理解が追い付かなくて、でもジンジンと痛む頬が平手をもらったのだと教えてくれた。

「なんで手を離した！」

なぜって、そんな聞かなくてもダグラス様ならわかるはずだ。あの危機的状況で私という足手まといはいらないから、だから手を離したのだ。そう答える為に口を開いて、でも盛大に顔を歪め鬼気迫るダグラス様に、言葉を失った。

「あそこを見てみろ！」

そう言われてダグラス様が指した方をゆるゆると見ると、そこには勢いよく水が叩きつけられている滝があった。そして滝口付近にはいまだこちらを狙っている軍犬の姿が見えたのだ。

「え……？」

そうするとどうだろう、今までは気がつかなかった瀑声《ばくせい》が急に耳に聞こえてきたのだ。

「俺が抱えて飛び込まなければ、お前は確実に噛み殺されていた。手を離せばそうなるってわかっていただろう！　それだけじゃない。あのスピードで走っている馬から落下したら、それだけで無事ではいられなかった」

ダグラス様の手が私の肩を摑み、強い力に酷い痛みが走る。

「馬鹿なことは考えるなと、絶対に離すなと言っただろ！　どうして、なんでだ！！！」

私の肩を揺さぶるように激しく詰問するダグラス様。けれど呻き声なんて出せない。

だって私よりダグラス様の方が痛みを堪えるような顔をしていたから。

「……死ぬつもりだったのか？」

違う、とは言えなかった。でも死ぬつもりはなかった。手を離した後は死しかなかったというのに、あの状況で私は死の覚悟なんてしてなかったのだ。

こうやってダグラス様に指摘されて初めて、すぐそこに『死』があったのだと自覚した。

「…………ごめん、なさ、い」

だから私にはこれしか言えなかった。いつも飄々としていているダグラス様がこんなに動揺するなんて初めて見たのだ。こんな顔をダグラス様にさせるくらいだったら、最初から最後まで信じれば良かった。

「ごめんなさい…………っ！」

ぐわっと溢れてくる涙。そして『死』という現実が私を襲った。

「あ…………。そうだよな、怖かったよな……」

ガタガタと震え始めた私の体を、ダグラス様が慰めるように優しく抱きしめる。それはまるで小さい子供をあやすようにポンポンと背中を叩いて、私を落ち着かせようとしているようだった。それにしてはとてもぎこちない動きであったけれど。

「マーシャ、お前は頭が良い。だがそれはあくまでも知識上のことでだ」

ダグラス様が静かな声で言った。

「実体験の伴わない知識は時に自分に牙を剥くことがある。それはわかるな？」

「……は、ぃ」

それは私が今まさに経験したことだ。私は私を足手まといと判断をして自らを犠牲にしようとした。でもそれが『死』を招く行為だということをわかっていたのに、現実と理解していなかったのだ。だから簡単に手を離すことができたのだ。それがダグラス様を裏切る行為だということを知らず。あんなに手を離すなと、しがみついておけと言われていた

のに、だ。

「本の中だけの知識だけではなく経験を積め。そして何より、最後まで諦めてくれるな。マイラ様にはマーシャが必要だ。それはマリィも一緒だろ。あいつらの為にも、お前は絶対に死を選んではいけないんだ」

わかるな、とそれはとても優しい声だった。

「マイラ様は、っ、ご、無事……ですか？」

置いてきてしまった私のマイラ様。そして私の可愛い教え子マリィの顔が浮かんで、また更に涙が溢れてくる。

「大丈夫だ。恐らくラインハルト殿下が保護しているだろう。マーシャはよくやったよ」

その言葉に安堵《あんど》が胸に広がり、そして会いたいと、顔が見たいとすごく思ったのだ。そしてそんな彼を置いていくところだったと、心の奥底から後悔した。

そうして、私は変わったのだ。

ダグラス様の言うように、知識だけではなく経験を積むことにしたのだ。例えば怪我をした時の治療法は実際に医務官の下で学び、薬草や毒草の知識、薬の調合までも習得した。それだけではなく、今回のように溺れた時の対処法や、登れなかった木登り、そして襲われた時の撃退法なども武官、つまりはダグラス様に指導してもらいもした。

それは私の選択肢を大いに増やした。生きる為、守る為、そして泣かせない為に絶対に必要なことだったから。

それは今までとは違う本当の意味で、子爵令嬢からマイラ様付き筆頭侍女になれたのだと、今の私はそう思うのだった。

その日はいつの間にか眠っていたのか、起きた時に私はベッドにいた。恐らくキースが運んでくれたのだろう。

それから私たちがクワンダ国へ出立するのは早かった。私が眠っている間に準備を終わらせていたのかスムーズな出立で、ガスパールともすぐに合流できたのだ。道中も襲われることなく順調に進み王都入りもあと少しだという頃、問題は起きた。

「……目立つな」

「目立つわね」

「俺様だからな！」

何の自慢にもなっていないない、と私はキースの頭を引っ叩いた。

「殴るなよ」

「無駄に整った顔をしてるキースが悪い。変装の意味がないじゃないの！」

そう、クワンダ国に秘密裏に入国する為、アネモネ宝飾店従業員に変装しなければいけないのに、どんな格好してもキース感が消えないのだ。

「本当に無駄ね、その顔。主張が激しすぎるのよ。もう少し抑えられないの？」

キラキラ、キラキラと無駄にオーラをまき散らすんじゃない、もう。

「そう言われてもな、俺様だから仕方ないだろ？」

ナルシシズム、ここに極めたり！　いらないけど。

「あ、そうよ。眼鏡はどう？　少しは隠れるんじゃないかしら？」

「おぉ、そうだな。銀縁と黒縁どっちだ？」

ガスパールが両手に二つの眼鏡を掲げる。

「そう……ね。地味なのは黒縁眼鏡かしら」

銀縁眼鏡では隠れないような気がする。前例はもちろんライニール様である。銀縁眼鏡をかけたライニール様はむしろ余計にかっこよくなっている気がするし……うん。

「にぃちゃん、とりあえずかけてみろや」

「どうだ？」

「「………ないよりマシ……？」」

キース感は少なくなったような気がしなくもないが、間違いなく色気は増えている。

「なら、これにするか」

「えぇ～……」

でも目立つは目立つのだ。

「ぐだぐだ言っていても仕方がないだろうが。時間を無駄にするだけだ！」

「そうだけど、そうだけど！」

安心はできない。本当どうやったら消えるんだろう、このキース感は。

「とりあえず、兄ちゃんは関所を通過するまで大人しくしておいてくれな。あと絶対に喋《しゃべ》るなよ？」

「そうね、喋るのは危険だわ。この眼鏡でその無駄にいい顔を少しだけ隠せたとしても、無駄に良い声はどうしようもないものね」

うんうん、とガスパールと二人で頷き合っていると、

「褒められているんだか貶《けな》されているんだかわからん」

と、キースが頭を捻る。こちらとしては褒めてもいないし貶してもいない。本当に無駄だと思っているだけだ。

「もうすぐだ」

ガスパールの声に緊張が走る。門番が通行手形を確認し、人数と顔を確認する為に幌が開かれた。顔を覗かせたのはグラン国では絶対に見られない女性の門番。キリッとしていてとても真面目な印象を受ける、恰幅《かっぷく》の良い女性だった。

その女性門番は、見た目通り真面目に一人一人しっかりと顔と年齢を確認していく。だが彼女が止まったのは、やはりキースの時だった。

目を瞬かせて何度何度もキースと通行手形を交互に見て確認しているものだから、内心冷や汗が止まらない。何もしないでよ、余計なことはしないでよ、と表情に出さずにキー

スに向けて念じていると、あろうことかキースは、

「お嬢さん、何か問題でも？」

と艶やかな声で女性門番に微笑みかけてくれやがったのだ。大人しくしとけと、喋るなと言われていたのにだ。瞬間的に私の右手が唸りそうになったが、何とか心を落ち着かせて堪える。

微笑みかけられた女性といえば、何かしらの反応があっていいものの、なぜかじっとキースを見つめたまま。嫌な沈黙がしばらく流れたかと思いきや、突然ぽっと女性門番は頬を赤らめた。そして、

「い、いいえぇ。何も問題はございませんわ」

と、体をくねらせてそう言ったのだ。

「では、通過しても良いかな？　主人が商談相手との時間を気にしているものでね、あまり長居はできないんだ」

「まぁ、そうですのね。どうぞどうぞ、お通りください。お時間を取らせてしまって申し訳ありませんでしたわ、うふふふふ」

「ありがとう、美しいお嬢さん」

「嫌だわぁ、美しいなんて、そんなぁ。うふふふふふふ」

…………何だ、この茶番は。この二人以外呆気に取られているのがわからないのかな？

「では、失礼。またどこかでお会いできたら、ぜひ我が商店の宝飾品を見ていってくださ

いね」

「喜んで～♡」

そう言って女性門番はいつの間にか取り出したハンカチを、私たちの馬車が見えなくなるまでフリフリと振って見送ってくれたわけだが。

「……………すごいね、キース」

「俺の顔も声も無駄ではないからな」

「……………………」

そんなに私とガスパールが『無駄』を連呼していたのを気にしていたのか。ヒヤヒヤはしたが、とりあえずは問題なく関所を通過できたのだから良しとしよう。

「じゃあ、このままテイラー男爵夫人邸に向かえば良いわね」

「そうだな。昨夜のうちに来た連絡だと正午までに夫人邸に来るようにってことだったからな」

ということは、ヤンスは無事にテイラー男爵夫人と接触できたということだ。見かけによらず仕事のできる奴め。

「順調だな。このまま上手くいけば間違いなく式典までには合流できそうだ」

「そうね……」

順調すぎて怖い。そう思うのはおかしいだろうか。

「残念だがにいちゃん。そうは問屋が卸さねぇみたいだぜ？」

「何だと？」

やっぱり、と私は思った。こんなに順調なのはどう考えてもおかしい。敵がどんな人か知らないが貴族なのは間違いないのだ。そんな馬鹿では貴族社会では生きていけない。

まぁ、ヤンスが上手く仕事してくれたと同様、リオが良い仕事していてくれていたのならあり得ない話ではないけれど。

「関所を出てからすぐに俺たちの後ろを付いてきやがる。どこにでもありそうな古びた馬車だが、御者も箱の中も人の顔が幌に上手いこと隠れて見えやしねぇ。怪しすぎるだろ？」

「典型的に怪しいわね」

「まくか？」

「人の多い王都で馬車を爆走させるわけにはいかないでしょう？」

被害を被るのは何の罪もないクワンダ国民だ。特例親善大使の私がそんなことをするわけにはいかない。

「キース。テイラー男爵夫人邸の場所は？」

「任せろ」

「なら二手に分かれましょう。私とキースは徒歩でテイラー男爵夫人邸に向かうわ」

良いわよね、と様子を窺うとキースは即座に頷く。

「ちゅーことは、俺らは囮になれば良いってことか」

「そういうこと。頼りにしているわ」

「嬢ちゃんにそう言われたらやるしかねぇだろ、なぁ、野郎共！」

ガスパールがアネモネ宝飾店のみんなにそう呼びかけると、一斉に「おうよ！」と力強い答えが返ってきて、何とも頼もしい。

「じゃあ、この二つ先の曲がり角を曲がった時に俺たちは人混みに紛れる。いいな」

「了解よ」

後ろからついてくる馬車に気づかれないように、こっそり馬車を飛び降りればいい。

「嬢ちゃん。気をつけるんだぞ。んで必ず連絡をくれ。約束だぞ」

「わかっているわ。ガスパールにはまだまだお願いしたいことがあるのだから、絶対に連絡するわ。だからそんな顔しないで」

心配そうな顔をしているガスパールに微笑みかける。

「グランに帰ったら、メアリにガスパールがどれだけ私の助けになってくれたか、ちゃんと報告するからね」

ご褒美はそれでいいでしょう？　と言うと、ガスパールは眉尻を下げて破顔した。

「そりゃありがてぇな。兄ちゃん、嬢ちゃんを頼むぜ」

「任せておけ」

キースもガスパールに親指を立てる仕草をして、それから私たちは丁度二つ目の角に差しかかった瞬間、馬車から飛び降りた。

「大丈夫か？」

「平気よ」

このくらいなら、私にだって動ける。停《と》まることなくアネモネ宝飾店の馬車は走り過ぎ、その後ろを怪しげな馬車が追っていくのを確認してから私たちは歩き出した。

「念の為に人混みに紛れたまま行くぞ。はぐれるなよ」

「キースもね」

そう憎まれ口を返すと、キースは苦笑してからおもむろに私の手を取った。

「は？」

「こうすればはぐれる心配をしなくて済むだろ。それにカモフラージュにもなる」

若い男女が手をつないで歩いていれば一見デート中にも見えるだろうが、なんでだろう、ものすごく変な感じがする。気恥ずかしいとか、照れくさい、とかそんな可愛い感情ではなく、ただ居心地が悪いのだ。はぐれ防止というならこのままでもいいけれども、でもやっぱりムズムズする。

「ところで、マーシャ」

「なあに？」

…………ん？

「…………今、私を『マーシャ』って呼んだ？」

聞き違いだろうか。頑なに私をマーシャリィ・グレイシスと認めず、お前とかおいとか呼んでいたのに、突然のマーシャ呼びに戸惑いが隠せない。

「悪かったよ。ずっと否定して。もう認めるよ。お前がマーシャリィ・グレイシスだってな」

「え、ちょっと気味が悪いんだけど……」

正直な感想である。だってあんなに偶像のマーシャリィ・グレイシス《わたし》に愛を語っていた男なんですよ。キースは。

「まさか、私のことを好きになったの？」

私を本物だと認めるってことは、つまりはそういうことなのかと戦々恐々としてしまった。

「自惚《うぬぼ》れが過ぎる。んなわけがないだろ！」

「あ、良かった。安心した」

びっくりさせないでよね。ここで『そうだ』なんて言われたらどうしようかと思った。

「それはそれでムカつくな……」

「我が儘言わない。でもいいの？　私を認めるということは、キースの片想いはただの思い込みだったっていうことになるわよ」

幼い頃から偶像の私を想い続けていたのに、そう簡単に割り切れるものだろうか。

「良いも悪いも現実を受け入れるだけだ。そりゃわだかまりがないかって聞かれると答えに困るが、だからといって夢ばかり見てもいられないだろ」

キースは大きなため息をつきながらそう言った。

「俺様の初恋は木っ端微塵に砕け散った。それでいいんだ。……何だよ、その目は」

「いえ……、案外キースって大人なんだなって感心しただけよ」

いつも子供みたい、というよりナルシシズムに溢れたガキ大将って感じなのに、なかなかどうして大人な思考も持ち合わせているなんて意外も意外だ。

「お前の見る目が曇っているだけだろ。俺様だぞ？」

「そういうところが子供ぽいって言っているのよ。あと『お前』じゃなくて『マーシャ』よ」

認めてくれたのなら、せっかくだから名前呼びで呼んでもらいたい。

「了解、マーシャ。それにな、初恋は実らないってよく言うだろ。次の新しい恋を俺様は探すさ」

そして絶対に実らせてやる、とキースは笑う。

「応援してる。頑張れ、キース」

「おう。俺様に二言はない」

頑張れ頑張れ。応援しながら、ほんの少しだけ、そんな風に思えるキースが羨ましいと思ったのは内緒だ。

「お、もうすぐだ。そこの角を曲がったら正面にテイラー男爵夫人邸が見える」

「そう。良かったわ。あの怪しい馬車はちゃんとガスパールたちを追っていったままなのね」

途中で気がついて、引き返してきたらどうしようかと思った。

「正面から行くか、裏に回るか。どうする？」

この状況下で普通なら人の目を避けて裏口からが正しい。だが、である。

「正面から行きましょう」

「追い返されないか？　俺たちは招待を受けているわけじゃないんだぞ？」

確かに正式に招待を受けたわけじゃない。もしかしたら裏口からこっそりと入るのが正しいかもしれないが、私の考えは違う。

「私たちが今着ているのはテイラー伯爵夫人の商談相手であるアネモネ宝飾店従業員のお仕着せよ？　このまま正面から先触れ的な『お伺い』として訪問すればいいのよ」

そうすれば怪しまれることもないし、堂々とテイラー男爵夫人邸に招き入れてもらえるだろう。何より正面には必ず守衛がいる。ということは、そう簡単に私たちを襲うのは難しいってことになるわけだ。

「そう上手くいくか？」

「怒られたらガスパールに一緒に謝ってちょうだい。商談潰してごめんね、って」

ガスパールなら笑って許してくれる。

「そうと決まれば行きま………え？」

異変に気がついたのはキースより私が先。ちょうど十字路に差しかかった時、キースの方へ顔を向けていた私の視界に、あの怪しい馬車が映ったのだ。

「ちっ、やっぱりそう簡単には事は進まないってわけか」

キースが私を背中に庇い、近づいてくる馬車を睨みつける。今ここで逃げても馬車に人の足が敵うわけもない。相対した上で隙を窺った方が良いとキースは判断したのだろう。

カラカラカラと車輪の音は私たちのすぐ近くで止まり、緊張感は高まる。御者はフードを目深にかぶり顔は見えない。さらに幌が邪魔をして男か女かさえもわからなかった。

箱の窓のカーテンがゆっくりと開けられ息を呑む。そしてそこから現れた思いがけない人物に私たちは言葉を失うのだった。

第十章
親しき友より心の友、心友様参上！

　クワンダ国王宮大広間、そこには多くの貴族が集まっていた。その中、数人の貴族が大広間の片隅で談笑をしていた。

「先ほどの式典、貴殿らはどう思ったかね？」

　くっくと喉を鳴らすのは伯爵位を持つ男性だ。

「あぁ、せっかく我が国でも人気の高い親善大使殿のお顔を拝めるかと思っていたのですけど残念でしたねぇ」

　とニヤニヤと答えたのは、二〇代くらいの若き男爵。

「本当に。あんなに深くベールをかけていられては、見えるものも見えませんよ」

　また、それに追従して大きく頷くのは少々小太りの子爵だ。

「人に見せられる顔をお持ちではないのでは？」

「あの年にもなって未婚ですからな。どうやら最近、婚約破棄をなされたとか。まぁ、どんなに聡明であっても結婚となればねぇ、お察しというものでしょうな」

　はっはっは、という大きな笑い声は周囲の喧噪《けんそう》にかき消される。

「まぁまぁ、そんな意地の悪いことを言うものではない」

「ですが伯爵。いくら式典といえども、一度もベールと外さずにいるなど失礼ではありませんかな？　嫌みの一つでも言いたくなるというものです」

「確かに。旅の疲れか何か知りませんが、一切の声も出さず全て同行した書記官が対応するなど、少々こちらを馬鹿にしてはいませんかね」

先ほど行われた式典でのグラン国一行の振る舞いに顔をしかめた貴族らは多い。

「だが、それを許されたのは我が女王だ。それを愚痴ってはどこから女王の耳に入るかわかったものではありませんからな、口を慎むに越したことはない」

「それはそうですな……、親善大使殿は女王のお気に入りと言いますし……」

「とはいえ、女王の好き勝手な振る舞いも本当に困ったものです。これだから女は……」

「これ、気をつけた方が良いと申したばかりであろう？」

「おっと、これは失礼いたしした」

慌てて周囲を気にして見回す。だが広間の隅を陣取っている彼らを気にしている人は見当たらない。

それに安心した彼らは、ホッと胸を撫で下ろし会話を続けた。

「それに、あれは苦肉の策であったのであろう。そうせざるを得なかったのだよ」

伯爵のその台詞に、子爵と男爵共に意味深に口端を上げげた。

「と、いうことは……」

「式典が始まる前に例の者から連絡が来おったよ」

計画は問題なく遂行された、とな。

「おぉ。ではあれは替え玉……っと、口は慎まねばなりませんな」

「よくやりますね。式典では誤魔化すことに成功したとはいえ、これから始まるパーティにはどうなさるつもりでしょうか、彼らは」

「ベールのままで対応するのでは？」

「では剝ぎ取ってやりましょう。親善大使殿の顔を知る者はこの広間に揃っているはずです」

「一〇年ぶりとはいえ、そう顔は変わらんからな。良い余興になりそうだ」

はっはっは、と口を押さえ三人で高笑う。

彼らが顔を向けた方向には、入場者が下りてくる中央階段。親善大使が下りてくる時間は、もうすぐそこまで迫っていた。


「ってな会話をしてそうじゃない？」

私はそう笑って言った。

場所はグラン国一行を歓迎する為の夜会が開かれる王城の広間前の待合である。この目の前にある扉が開けば広間に下りる為の中央階段があり、階下には大勢の貴族が集まっていることだろう。つまりはグラン国とクワンダ国の同盟にケチを付けようと私を狙った悪党どもがそこにいるというわけだ。

「想像力豊かだな、お前」

「それほどでも」

「…………嫌みだぞ？」

「知っているわ」

「…………」

はぁ、と大きいため息をついたのは、めかし込んだキースだ。せっかく身を整え、無駄に色気のある顔に磨きをかけ、さぁ今から悪党どもと相対しますよ、というのに、キースの顔色は正直言ってあんまり良くない。

「ちょっとキース、いい加減にして！　いつまで落ち込んでいるのよ。しっかりしてちょうだい！」

「……わかってる………はぁあああぁぁ……」

そう答えておきながら全身の空気という空気を吐き出さないでよ、と私はドン引きである。

なぜこんなにもキースが落ち込んでいるのかというと、それは今から少し時間を遡った時のことだ。

クワンダ国へ無事入国を果たし、テイラー男爵夫人邸で立ち往生していた私たちの目の前に現れたのは、フードを目深に被った女性だった。

「なぜ……貴女が……？」

そう呆然と言ったのはキースだ。私なんか、あまりのことに大口開けてまじまじと馬車の中の女性を見つめるだけ。

「ふっふっふ。その顔が見たかったのじゃ」

したり顔をした女性は、ひっひと肩を揺らす。その振動でフードの中に隠れていた長い髪の毛が一房こぼれ出てきた。艶やかに風になびき、一見黒に見紛うその髪は深い深い深紅色。

神秘的な紫色に光る瞳を携えた彼女の名はエスメラルダ・エル・クワンダ。言わずもがな、クワンダ国女王その人である。

「え、あ……エ、ル？」

エル、というのは私が留学時代に当時第一王女だった彼女に呼ぶことを許された名だ。今や一国の王となった彼女に対しては口にすべき名ではないが、呆気にとられている私にそれを気にするだけの余裕がなかったのだ。

「何じゃ、そんなに驚かんでもいいであろうが。我が心友ともあろうものが、妾《わらわ》が姿を見せたごときでそんなになるとは情けないのう」

妾がどんな行動をするかくらい頭を働かせよ、となんて理不尽極まりない発言である。

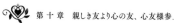

そもそも私が混乱するのは仕方がないことだろう。相手はクワンダ女王なのだ。こんな所で、しかも胡散臭さ満載の馬車から顔を出すなんて誰が想像しただろうか。それができる人がいたら、ぜひとも私の目の前に連れてきてほしい。スカウトしてグラン国へ連れて帰るから。

「いい加減、その間抜け面をやめよ。キースもじゃ！」

ピシッと突き付けられたのは品の良い扇子だ。地味なフードとのアンバランスさに、なぜか正気を取り戻してしまう私。そういえば遠い昔に同じ光景を見たわ、と思わず現実逃避である。

「はっ、馬鹿やろう！　なぜこんな所まで出しゃばってくるんだ!!」

自分の主君に向かっての言葉遣いじゃない。

「出しゃばるとは随分な言い方ではないか。妾がこうやって迎えに来なければ、どうやって入城する気じゃ。テイラー男爵夫人はもう城におるのだぞ」

プンプンとわざとらしく頰を膨らませる女王にキースはうぐぐと唸る、唸る。その気持ちが手に取るようにわかって、ほんのり涙が出そう。臣下を振り回す主君って厄介だよねぇ。マイラ様は可愛いから許せるけど。

「では、テイラー男爵夫人が陛下をここに寄越したのですか？」

口を挟むのはどうかとは思ったが、ヤンスに持たせた手紙はテイラー男爵夫人に直接手渡すように厳命したのだ。それなのにテイラー男爵夫人ではなく女王が迎えに来るとは、一体どんな状況になったらそんなことになるというのだ。だから私はそう訊いた。それなのに女王は私の問いには答えず、スンと目を据わらせ、

「妾はエルじゃ。もう一度言うぞ。よいか、妾は其方の心友のエルじゃ。親しいの親友ではないぞ。心の友、唯一無二の心友じゃ!!」

「……………」

「エ・ル・じゃ！」

つまりは陛下呼びするな、と。

「………………………………………………エル」

「うむ、それで良いのじゃ」

エル呼びした途端にっこりである。変わり身の早さにまたうっかり一〇年前を思い出す。ついさっきの光景といい、このやり取りといい、一〇年前の再現かのよう。思わず苦笑と共に気が抜ける。

「ではエル。さっきの質問の答えは？」

私はもう開き直った。というか開き直らないと話が進まないと判断したのが正しい。本来であれば名を呼ぶことを許されようが遠慮する行為ではあるが、エルの言うとおり心友として接することにしたのだ。ぎょっとキースが私を見やるが、知ったことではない。彼女がそれを望んでいるのなら、それを叶えずにして何が心友だ。駄々をこねられると面倒くさい、という本音は別として、時と場合を考えて対応すれば問題なし！

「おぉ、そうじゃったの。その答えは中にある」

そう言ったエルの扇子は馬車の中を指している。

「ほら、早よ乗りや。モタモタしている暇なぞないわ」

モタモタさせたのはどこの誰のせいですか、という私とキースの共通認識は口に出さず、視線を馬車の中に向けた。だが、エルが向ける扇子の先には何もないように見える。

「何をしておるんじゃ。早よ乗れと言うておろうが」

ペンペンと扇子を馬車の窓枠に叩きつけ急かしつける女王に、私とキースは顔を見合わせ小さく頷いた。他の選択肢はない。

「中で詳しく訊かせてもらいますからね」

「おうおう、話してやるわ。じゃから早よせい、早よ早よ！」

そう急かされるまま、キースが先に乗り込む。その際に小さく「あっ」と声を上げたキース。

「どうしたの？」

私から馬車の中は見えない。乗り込んだキースが何とも言えない顔で振り向き、私に手を差し出した。エスコートと言えば聞こえはいいが、そんなに良いものではない。ただの補助である。

「見ればわかる」

そうキースに言われて、不思議に思いつつもエルの言うようにモタモタしている時間は

ないのだ。エルも特段変わった様子はないし、危険ではなさそうだと判断した私はキースの差し伸べられた手に自分の手を重ねた。その途端だ。

「きゃあ！」

まだ乗り込んでもいないのに、ガタンと大きな音を出し馬車が動き出して肝が冷えた。というか、肝が冷えただけで済んだのはキースが馬車から転げ落ちる前に私の体を引っ張り上げてくれたおかげだ。私はその勢いのままキースの胸の中にダイブしてしまったが、難なく受け止めてくれたので私には何の害もなく無事に済んだのだ。ふぅ、びっくりした。

「……陛下……」

私が内心で冷や汗を拭っていると、低い声で陛下を呼んだのはキースだ。彼の胸の中で顔を上げると、目の据わったキースがそこにいた。

「わざとですよね、今の……」

わざとですって？　聞き捨てならないキースの台詞に、私は体を起こしつつエルを見やった。

「おや、おかしいのぅ？」

そんな私たちの視線を物ともせず、エルはきょとんと首を傾げている。

「何がおかしいんです？」

私にはエルが首を傾げる意味がわからない。ただキースが言った『わざと』が正しいのだったら、それは大問題である。

「うむ、其方《そなた》は気にすることはない。キースも人聞きの悪いことを言うのはやめよ。気のせいじゃ、気のせい」

気のせいって貴女、と私とキースが軽く睨めつけると、さっと視線を逸らすエル。どう見ても気のせいじゃなさそうである。

「さて、早よ王宮に戻らねば皆が心配する。急ぐかの」

さらっと話題を変えて誤魔化そうとするエル。しかし、そうは問屋が卸さない。こちらは一歩間違えれば大怪我を負う大惨事になったかもしれないのだ。それがどんな問題を呼ぶか、それがわからない一国の主ではいけないのだ。

「エル？」

「陛下？」

そんな軽い言葉で許すわけないよね？　と二人がかりで圧力をかけさせていただきます。逃しません。

「……そんな顔をするでない。なぁに、ちょっと吊り橋効果を狙っただけじゃ。そんなに怒ることでもなかろうて」

ぶぅ、と口を尖らすエルの台詞に、

「「はぁ⁉」」

私とキースのドスの利いた声が見事に重なった。吊り橋効果って何を考えているんだ、この心の友は。これは文句の一つでも言わないと気が済まない。だが私が口を開く前にキースが爆発した。

「馬鹿なのか一国の主がやることじゃあない馬車から落ちてしまえば大怪我を負う大惨事なるとわかっていての行動なのかよもや軽く考えていたなんて言うつもりはないよなしかも吊り橋効果って何だよ不安や緊張から引き起こされた高揚感を異性への好意と錯覚するあれを故意に起こそうとか思ったりなんかしたわけではないよなそれって一歩間違えれば犯罪なんだが犯罪もちろんそんなわけがないとは思うがまさかなぁ？」

抑揚もなく息継ぎなしで一気に言い切るキース。これは随分と腹に据えかねている。

「……キースがおるから怪我の心配はいらんじゃ、ろ……？」

「…………」

怯んだ様子を見せながら言ったエルにキースは無言で返答である。殺気交じりで怒濤の息継ぎなしのお説教も怖かったが、こちらもこちらで怖い。

「キースとて嬉しかろうが？　其方の長年の想い人じゃぞ。ちょっと協力をしてあげようという妾の親切心じゃ」

船の中でその拗《こじ》らせ勘違いは砕け散ったと宣言を頂いた後です。協力には全然なっていません。心の友よ、残念でした。それは間違いなくキースの怒りに油を注ぐ誤回答です。

「な、何じゃ。マーシャもマーシャではないか。初心も初心じゃった其方が異性の胸に抱きかかえられるという胸キュン展開じゃぞ。もっとこう、頬を赤らめるとか恥じらうとか、なぜせんのじゃ！」

冷たい視線を浴びたエルの反論だが、残念極まりない。

「………そう言われましても」

胸に飛び込むくらいで胸キュンしていたら、とっくの昔に誰かと恋に落ちてるよね、私。

キースの胸だけではなく、ダグラス様やライニール様の胸板の厚さも知っておりますとも。

これだけを聞くとちょっとした痴女だがそうじゃない。ここ数か月に及ぶグラン国近衛騎士第二部隊隊長殿の特訓が、私のかすかに残っていた乙女的恥じらいをどこかに放り投げてしまったのだ、ふふふ。まぁ、これで変な男の手に引っかからずに済むという意味では、特訓の成果が出て良いことなのではあるのだが、ほんの少しだけ私の乙女心が泣いている。

「あのですね、エル。そういう問題ではありませんからね。心の友といえどもやって良いことと悪いことがあります。今の私はグラン国特例親善大使としてクワンダ国にいるんですよ。女王自ら同盟にひびを入れるような真似をするなんて何を考えているんですか。いくら何でもこれはダメですよ！」

わかりましたか！　と人差し指を立ててエルに向かって私は言った。ここで優しくしたらつけあがるのは目に見えているのだ。締める時はしっかり締めなくては、後で痛い目を見るのは私ですからね。それは一〇年前に学習済みです。失態は繰り返さない、これ大切。

「わ、悪かったのじゃ……」

「私にだけですか？」

キースのおかげで私に怪我はなかったから良かったが、エルの大きなお節介は間違いなく彼の長年拗らせた勘違い片想いの心の傷に塩を塗りまくった。

「……すまぬ、キース」

「許さない」

「そこは許すというところじゃろが！」

「嫌だ。長年騙されていた恨みもあるし、俺は今陛下を許したくねぇ」

「だ、騙してなんか、おらんのじゃ……」

いいえ、結構騙していたよね、エル。だがそれを言っても詮ない話なわけで。

「キースの気持ちはわかるけど、今はやめておきましょう。無理に許さなくていいと思うけど、まずは今私たちがやらなければならないことを優先させるべきよ。そうでしょう？」

「……わかっている」

ならいいけれど、さすがに長年拗らせてきた片想いだもんね。その幻想を作ってしまったのはキース本人とはいえ、エルからの間違った情報さえなければもっとマシだったろうに。

「ほら。お互いに子供じゃないんだから、頭を切り替えて。話を戻すわよ」

いいわね、と私が言うと、渋々だが二人して頷いた。あぁ、なんか小さい頃のマイラ様とマリィのお世話している気分。私は心の中で苦笑せざるを得なかった。

「で、なんでエルがここにいるの？」

最初に馬車の中で話すと言っていた内容に、とりあえずは戻しましょう。

「……あやつが手紙を持ってきたところに出くわしただけじゃ」

くいっとエルの扇子が御者に向けられた。外からでは幌に隠れて全く姿が見られなかった御者がこちらの箱からは丸見えだ。フードを深く被っている御者は、私がいる後方へ顔を向けるわけにはいかないからか顔は見えないが、こちらの会話が筒向けだったのだろう、話しかけてきた。

「さすが姐さんでやんすね。一国の王に説教なんてそうそうできるもんじゃないでやんすよ……」

それは聞き覚えのある声に、独特の話し方。

「ヤンス⁉」

「どうもでやんす～、ってヤンスって誰でやんすか？」

おっと、ついうっかりである。ヤンスはヤンスって名前ではなかった。何か言い訳でも、と思ったが、

「あ、だからさっきキースは見ればわかるって言ったのね」

何も聞こえなかったことにしよう、と私はそう言った。ちなみに、さっきというのは馬車に乗り込んだ時に小さく声を出したキースに私がどうしたの？と訊いた時のことだ。確かにキースが驚いたのはいるはずもないヤンスが御者をしていたら声も出るよね、うんうん。だからほら、追及しないで話を続けるわよ。

「出くわしたって、まさか貴方王宮に忍び込んだの？」

エルと出くわす場所といったら王宮しかない。

「ドジっちゃったでやんす、えへへ」

「全然可愛くないから」

てへぺろと舌を出して誤魔化そうとするヤンスを容赦なくぶった切る。

「馬鹿なの？　首飛ぶわよ？」

冗談抜きで、だ。出くわしたのが面白がるエルだったから良かったものの、他のそれこそ騎士に見つかっていたら間違いなくヤンスの首と胴は離れていた。

「えーっと、だって姐さんがテイラー男爵夫人に直接手渡せって言うから、オイラ頑張っちゃったでやんすよ～」

「連絡手段持っているって言っていたわよね？」

だからお願いしたのだ。何も王宮に忍び込めなんて言っていない。

「そうなんでやんすけど……」

ヤンスはチラリとエルを見る。といっても馬車を扱いながらなのでほんの一瞬だけですぐに正面を向き直したが。

「妾は別にやましいことはしておらんぞ」

私たちが何かを言う前にエルは堂々と言い放つ。そういう風に言い切る時こそ、何か仕出かしているんだろうな、と声には出さないけれど内心思った。それは私だけではなくキースも同じことを思っているんだろうな、というのは彼の目が口ほどに物を言っていたからだ。

「まぁ、いい。その話はじっくりと後でさせてもらおう」

「そうしてちょうだい」

私とキースのその会話に、エルの口端がピクリと震えたのは見なかったことにしてあげる。

「女王陛下ぁ、そろそろ着くでやんすけど、オイラはここでおさらばしちゃっていいでやんすよね？」

ヤンスがそう声をかけてきたのは教会の近くだった。一〇年前にも来たことのある場所で、昔と変わりのない風景がそこにはあった。

「おぉ、そうじゃの。おぬしはここまでで良いわ。あとはこちらからの連絡を待つが良い。そう待たせはせんと思うぞ」

「承知したでやんす！　では姐さん、あとは陛下が案内してくれるでやんすから、オイラはガスパールの旦那の所に戻っておくでやんすね」

「え？」

私を置いて話が進んでいくので、一瞬返事に詰まる。が、冷静に考えてヤンスとここで別れるのは当然のことだと納得した。だってこの先は恐らくクワンダ国の機密だろうから。

「わかったわ。ガスパールに私は大丈夫だと伝えて」

馬車を降りてヤンスに言付けを頼んだ。あんな別れ方したからきっと心配しているだろうしね。

「承知でやんす」

にかっと出っ歯を覗かせて笑うヤンスに手を大きく振って見送る。そして残った私たちはエルが手招きするがままについていく。てっきり教会の中に入っていくかと思いきや、手招きされたのは教会の裏手だ。

「こっちじゃ」

はよはよ、と私たちを急かして辿り着いたのは古びた井戸。

「ここですか？」

周囲をぐるりと見渡しても建物は教会だけ。井戸も比較的大きめだとはいえ、おかしいところは見当たらない。てっきりエルしか知らない隠しルートとかで、このまま王宮に直行だと思っていたのに拍子抜けだ。

「まぁ、そう焦るではないわ」

私がそんな風に思っていたのがわかったのだろう、エルはおもむろに釣瓶桶《つるべおけ》を井戸に投げ入れた。吊るしのカラカラカラと軽快な音と重なって聞こえてきた奇妙な音に私は片眉を上げる。

「ほれ、見てみよ」

エルが顔を傾け井戸の中を指す。どこか楽しそうな雰囲気を醸し出すエルに促されて井戸を覗き込んで、その意味がわかった。

「階段、ですよね、これ」

井戸の壁面に螺旋《らせん》状に生えている複数の突起物。これを階段と呼ぶにはお粗末ではあるが、用途は間違いなく階段だ。吊るしの音に重なって聞こえた奇妙な音は、恐らくこの突起物の仕掛け音なのだろう。

　ふふん、と鼻を鳴らすエルの顔が扇で隠していても得意げなのがわかる。

「再現度、高かろ？」

「え？」

　再現度って何が？　である。

「何じゃ、そなた。覚えておらんのか」

　やれやれ、とエルは肩を竦めた。そして私の背後にいるキースを見上げ、

「ほれ、追われた王女が己の騎士と共に王宮に舞い戻る為に使ったカラクリがあったであろうが。そなたから借りた本じゃぞ。忘れたのかの？」

「……あぁ、あれですか……」

　言われて思い出した本のタイトルは『悲恋の人』である。確かに内容の中盤にこのような場面があったのは覚えている。だが私はエルに『悲恋の人』を貸した若かりし頃は純粋な気持ちで読むことができていたが、今は手に取る気すらしない。『悲恋の人』自体が悪いわけではないが、どうしてもアレらの顔がちらついてしまうからだ。むしろ内容すらも思い出したくないくらいに敬遠してしまっている。

「悲恋には興味はないのじゃがな、あれに出てくる珍妙なカラクリには心惹《ひ》かれるものがあっての、作らせたのじゃ」

いい出来であろう、と胸を張るエルの隣でキースが「職人は泣いていたがな……」と呟いたのが切ない。空想の中のカラクリを実際に作らせるとか、何て権力の無駄遣い。これを実現させた職人さんにあっぱれである。

「何じゃ、そんな顔をされるような真似をした覚えはないのじゃが！」

プンスカしても自分の騎士の顔を見てごらんなさいよ。めちゃくちゃ疲れた顔してますよ。

「まぁ、よいわ。モタモタしている暇はないからの。さっさと行くぞ」

自分でこの話題を振っておいてのこれだ。相変わらずのマイペースに苦笑は漏れるものの嫌いじゃない。

「妾が先に行くから、次はマーシャが下りてくるのじゃ。キースは最後でよいな。あ、じゃがドレスの中を見たければ先に下りても「さっさと下りろ」……つまらんのぅ」

うん、どすの利いた良い声ですこと。それにしても自分付きの騎士とはいえども随分と仲がいい。どこか姉弟のようにも見えるやり取りだ。エルの慣れた動きで井戸を下りていく姿を見ながら、何となくそう思った。

「おい」

エルに続いて下りようと井戸に手をかけた私にキースから制止がかかる。

「なに？」

首だけを捻って振り返るとキースが上着を脱いで私の肩にかけた。

「別に寒くないわよ？」

この上着の必要性がわからずそう言うと、キースは残念な子を見るように、

「汚れるからだ、馬鹿」

そう言われて、思わずお口があんぐり。

「何だよ、その顔は。素直に受け取るのか受け取らないのかはっきりしろ」

「い、いえ。ありがたく使わせてもらうわよ。せっかくだもの」

悪夢にうなされた時にお茶を淹れてくれた時のような気遣いではなく、これは俗に言う『女性扱い』である。なにごと⁉ と私がびっくりしてしまったのは仕方がないと思う。

「気をつけて下りろよ。足を踏み外したら怪我じゃ済まないぞ」

「ちょ、怖いこと言わないで。足が震えたらどうするのよ！」

普通の螺旋階段ではないのだ。手すりなんてついていないし、エルは慣れた動きで身軽に下りたようだけど、そんな風に言われると緊張するではないか。

「だから慎重にな」

「わかっているわよっ」

一体何のいじめだ。洋服が汚れるから、なんて『女性扱い』しなくていいから余計なプレッシャーをかけないでほしい。

「あー、もう。びっくりした」

ふぅ、と大きく息を吐いて心を落ち着かせる。下からエルの「何をしとるのじゃー？」と急かす声もするので焦って仕方がない。

その時だ。どこからともなく感じた視線に私は顔を上げる。

「どうした？」

キースの怪訝そうな声に私は小さくかぶりを振った。

「……いえ、何でもないわ」

騎士であるキースが何も感じなかったというのなら、きっと気のせいだと私は思ったのだ。それから私は気を取り直し、ゆっくりと階段を下りていった。

「こ、これは思ったより怖いわね」

慎重に下りていくものの、井戸に差し込んでくる光は下りていけばいくほど暗くなっていく。恐らくエルがいるだろう所に光が見えるのだが、私の足元は薄暗く今にも竦んで動けなくなりそうだ。それでも壁にへばり付きながら必死に下りていった。

「遅いのじゃ」

「私が遅いのではなく、エルが慣れすぎなんです！」

やっとのことでエルの元まで辿り着いた私は、緊張から解き放たれた安心から大きく息を吐いた。いくら何でも、この階段もどきを軽々は下りられない。

「柔《やわ》じゃのぉ。それにしてもなんでキースの上着を着ておるのじゃ？」

「上で汚れるからって貸してくれたんですよ」

それ以外の意味なんてないでしょうに。私とて上着を渡された時はびっくりしたものの、紳士が女性に対して起こす行動だと考えれば、別におかしいことは何もない。

「主である妾には何もないのにのぉ」

「陛下はローブを着ているだろ」

不満を漏らすエルに、私に続いて下りてきたキースは呆れた口調で言った。

「……確かにそうだが」

「そうですよ」

何がそんなに気になるのか、エルが言いたげな視線を投げつけてくる。

「何を言いたいのか知らないが、俺は陛下に騙されたことをまだ許していないからな」

「人聞きの悪いことを申すな。妾は騙した覚えはないのじゃ！」

「いえ、あれはむしろ洗脳レベルかと。質《たち》が悪いのはエルの方です」

こればかりはキースの味方である。

エルが余計なことを話さなければ、美化されたマーシャリィ・グレイシスは作られなかったし、何より今回のキースとの出会いから今までの面倒事がもっとスムーズに進んでいただろうと思う。つまり私の心労はもっと軽く済んだ、ということだ。いくらエルが心友だろうが、この件に関しては一切味方をするつもりはない。

「むぅ。まぁ、よいわ。この件に関してはこれからが大切じゃからな！」

この件もどの件もありませんけどね、と突っ込みたいのは山々だが、とりあえずは顔を背けて拗ねるエルに対して、私とキースは肩を竦めて笑った。

それから再び私たちはエルに案内されるまま歩き出す。

「それで、今の状況はどんなですか？　グラン国の皆はどうしていますか？」

私はずっと気にしていたことをエルに尋ねた。

「表面上は静かなものじゃ。内心、どう考えておるのかわからぬ狸《たぬき》もいるがの、ひとまずグラン国の者たちがよくやっておる。そなたが行方《ゆくえ》不明であることを周囲に全く気づかせておらん」

「……誰一人として欠けておりませんよね？」

これが一番心配していたこと。

特例親善大使として、留学生全員を無事にクワンダ国へ送り届ける、というのは当然のことではある。だがそうじゃない。山賊に襲われたということは、怪我をした人がいるかもしれない。最悪、取り返しのつかない事態になっていてもおかしくはないのだ。

「留学生だけではなく、同行した文官も護衛も皆ピンピンしておるわ」

「それは良かったです」

大丈夫だと信じてはいたものの、やはり確証が得られると心が軽くなる。

「では今回なぜこのような事態になったのか、何が起こっているのかきちんと説明してくださいませ」

一番に気にかかっていたことが解消されたら、次に気になるのは当然私が巻き込まれている現状を招いた原因だ。

「もちろん全てを話そう。じゃがそれは全員が揃ってから話そうぞ。二度手間になるし、そちらの方が都合が良いのでな」

「……全員？」

関係者が集まってから、という意味だろうか。そして都合が良いの意味がわからない。

疑問に思えども、エルにそう言われては追及もできない。

「とりあえず、マーシャにはこれから行われる夜会で、今回の山賊襲撃を企てた阿呆どもに一泡吹かせてほしいのじゃ」

「一泡吹かせる、と言われましても……」

ものすごく困る。首謀者すら私は知らないのだ。

「そなたが夜会に出るだけで一泡吹かせることができるのじゃ。その為に妾が迎えに行ったのじゃから、何も考えず夜会に出ればよい」

「……何を隠しているんです？」

頑なに情報を与えないのはなぜ？　ここまで巻き込んでくれたのだから少しでも情報を開示してくれなければ、私だってどう動けばいいのかわからない。

「隠したいわけではない。ただ、そなたには先入観なしで判断してもらいたいのじゃ。その為に今は話せん」

そう言われてハイと答えられる人間がどれだけいるだろうか。

「……貸し一つです。それで許してあげます」

私がそう答えられたのは、エルのことを信用も信頼もしているから。

「さすが、妾の心友じゃ」

「そうですよ。だから絶対に裏切らないでくださいね」

「当然じゃろ」

なら、今はそれでいい。全員が集まったら話してくれるというのなら信用する。

「それにしてもじゃ、今回のグラン国の者は全員有能じゃの。まぁ、クワンダ国《うち》の連中も負けてはおらんが、特に、うん、っと、あの者は何と申したかの……、確かエッグタルトであったかな？」

「多分ノア様ではないでしょうか。エッグタルトではなくノア・レッグタルト外交書記官ですわ」

エッグではなくてレッグだから。卵ではなくて足の方だ。

「おぉ、その者じゃ。あれは随分とできる男よの。そなたが行方不明になった時も焦りもせずに淡々と混乱を収めたと聞いたわ」

そうでしょう、そうでしょう。何といっても私の『恩人』様ですからね。できる人の上に優しい方なんですよ、うんうん。

「あと誰よりも気になったのが、あの娘じゃ。特定親善大使の侍女殿として同行した赤毛の！」

絶対にそなたのお気に入りじゃろ？　とエルは笑う。

「彼女……、シエルが何か？」

確かにエルの言うようにシエルは私のお気に入りではあるが、エルがシエルをそんなに気に留めたのか。

「其方が行方不明であることを誰も知らんと言うたろ。王都に入る前までならそれほど難儀ではなかったとしてもじゃ、王宮に入ってからもそなたの不在を誰にも悟られんよう隠し通すなどそう容易ではないわ。それをやり遂げた立役者こそがその令嬢じゃ！」

「まぁ……！」

それは素直に感心した。確かにシエルは私がびっくりするくらいに知識も豊富で頭の回転も良い子である。だが典型的な貴族令嬢として生きてきた彼女が、こうも完璧に人を欺けるなんて思いもしなかったのだ。才能も度胸もあるとは思っていたが、私が思う以上に彼女は逸材のようだ。もちろん私が彼女を気に入っているのはツンでデレなところなのだけれども。

「まるでそなたを見ているようであったわ」

アッパレ、と言わんばかりにシエルを褒めるエルに鼻高々である。

「それはシエルが私の代わりに奸計《かんけい》を企てた、という意味ですか？　それとも私の替え玉をシエルが務めた、とか？」

どちらの意味だろう、それは単純な疑問だった。けれど私の疑問に対して、それはそれは楽しげな笑みを浮かべたのだ。

「どちらだとそなたは思うのじゃ？」

「どちら……そうですね。もしかしたら両方ですか？」

だからそんなに楽しそうに笑っているのではないか、そう私は考えた。けれどエルは私の答えを聞いて、どこから出しているんだという笑い声を立てたのだ。

「ひっひっひっひっひ！」

「陛下……、その笑い方はどうかと思うぞ……」

激しく同感である。まるで魔女のようだ。

「残念だが不正解じゃ」

キースの苦言を軽やかにスルーしたエルはそう言った。

「では正解はどちらです？」

そしてその魔女のような笑い声を出した理由は何？

「まぁまぁ、そう慌てるでない」

エルは立ち止まり、隠し通路の壁に灯《とも》っていたカンテラを手に取った。そしてそのカンテラを引っかけていたフックを引き抜いたのだ。それと同時にゴゴゴと重い音を立て、壁が左右に開かれた。

「正解は見ればわかるのじゃよ」

それは悪戯っ子のようだった。促されるまま左右に開かれた壁の先に進むと、そこは豪華に飾られた部屋だった。そしてその部屋のドレッサー前に三人の人がいた。一人はシエル、もう一人は高身長の女性。

「………え?」

けれどその二人に挟まれて鏡の前に座っている女性に私の目は釘《くぎ》付けだった。私たちに気がついたその女性が振り返り、目が合った瞬間に心臓が大きく飛び跳ねる。

薄い栗毛に線の細い華奢《きゃしゃ》な体。儚《はかな》い雰囲気を持っていながら、その瞳には知性が宿っている女性。

「…………お母さ、ま……」

遠い昔の記憶にしかいない、母の姿がそこにあったのだ。

「え、うそ、そんなまさか……?」

母は私が一一歳の時に亡くなっている。だからここにいるはずがない、とわかっているのに目の前にいる女性は間違いなく存在しているのだ。まさかこれは夢だろうか。頭の中は大混乱である。

「おっふ……っ!」

そんな私を正気に戻したのは、すごい勢いで飛び込んできたシエルのタックルだった。

胃の圧迫がすごすぎて胃の中身が込み上げてきそうで、思わず口を手で押さえる。

「馬鹿、馬鹿! 馬鹿馬鹿馬鹿馬鹿ぁぁあああ!」

うわーん、と子供のように泣き出したシエル。ぎゅっとしがみついてくる力はちょっと痛いけれど、それだけ心配してくれたのだと思えば愛しさすら覚える。

「ごめんね、シエル。心配してくれてありがとう。そして女王陛下から聞いたわ。すごく頑張ってくれたんだって？」

「貴女の、うぇ、た、為なんかじゃ、ないん、だからぁぁ！」

「うんうん。そうだね。でもよく頑張ったね。ありがとう。助かったわ」

ぎゅっとシエルを抱きしめ返すと倍の力で抱きしめ返される。うむ、何て可愛いの。

「だから言ったでしょう、シエルリーフィ嬢。こいつはそう簡単にくたばるような玉ではないんですよ。図太いの代名詞と言ってもいいくらいです」

母と見違えた女性の口からした聞き慣れた声に、混乱していたのが何だったのかと思うくらいにストンと合点がいった。エルが見ればわかると言ったのも納得だ。

「図太いとは失礼よ、お兄様！　それに何度も言うけれど私のシエルにちょっかいかけないでちょうだい！」

「行方不明とかふざけた状態になったお前が悪いんだろう、妹よ」

「お母さまと同じ顔でその口調はやめて。美しい思い出が汚れるわ！」

似てる、とは思っていたけれど、兄がこんなに母とそっくりだとは思わなかった。

「妹の為に頑張った兄に対して、その言いぐさは何だ。もっと兄を褒めろよ」

「すっごぉぉぉぉく綺麗よ、お兄様。身代わりありがとう」

「…………兄は『綺麗』より『格好いい』と言われたい、妹よ」

「それは無理！」

だって本当に美しいもの。女装がこんなにはまるとは我が兄ながら恐ろしい。

「さすがですね、素晴らしい手腕ですわ」

私はにっこりと微笑み、こちらを微笑ましげに見ていた長身の女性に向かってそう言った。

「まぁ、ありがとう。久しぶりに会えて嬉しいわ、マーシャ」

蜂蜜色に赤いメッシュの豊かな髪をなびかせて、ゆっくり近寄りハグをくれたこの女性こそ、類い希なる美貌と才能を持つ実業家テイラー男爵夫人だ。

「私も嬉しいです、テイラー男爵夫人」

そして私の初めての友人でもあった。

「本当は私が迎えに行くべきだったのに、そうしなくてごめんなさいね」

「それは仕方がないですよ。どうせエルが無理を言ったのでしょう？」

もうその様子が目に見るようだ、あと私は笑う。

「ところで、エル。なんでそんなに笑っているんです？」

珍しく会話にしゃしゃり出てこないなぁ、と思ってはいたものの、声を出さず顔を真っ赤にして今にも呼吸困難になりそうなくらいに大爆笑していたのだ。その傍らで死んだような顔しているキースがいるものだから、私が感動の再会をしている間に何かがあったのは間違いないだろう。

「キース、大丈夫？」

なんか今にも燃え尽きそうなくらいに真っ白になっているけど？

「…………兄……だと……？」

「え、あぁ、そうね。紹介するわ。私の兄、ケイト・グレイシスよ」

「…………姉では、なくて……？」

「えっと、だから私の替え玉を務める為に女装はしているけれど、私の兄よ？」

素晴らしい女装にびっくりしているのかと思ったけれど、このキースの反応はびっくりというよりショックを受けているように見える。

そんな私たちの様子に、兄が進み出てきて、

「初めまして、ケイト・グレイシスと申します。貴方様が妹を助けてくれたと聞いております。兄として感謝を。本当にありがとうございます」

そうよそ行きモードで頭を下げた。

「…………いや、大したことは…………兄？」

「正　真　正　銘　兄　で　す　！」

にっこりと断言した兄に、キースの体が崩れ落ちた。と同時に轟くエルの大爆笑。

「あーはっはっはっはっはっはっはははは、哀れ、哀れじゃのぅ、キース！」

「…………………………………………」

「え？　え？　何事？？」

混乱しているのは私だけではない。私も兄も目を丸くしているし、シエルなんかは怯えてさえもいる。冷静に微笑んでいるのはテイラー男爵夫人だけである。

「まぁだわからんのか、マーシャ。相変わらず鈍いのぉ！」

相変わらずは余計である。

「キースはの、そこのケイトに一目惚れしおったのよ。一瞬で砕け散ったがの!」

そう言い放ったエルと、ますます沈み込んだキースの様子に、それは事実なのだと皆がそう思った。

「………………あー、それは、何というか………………すまん」

ケイトのその微妙な謝罪はエルを除いた全員に気まずい空気をもたらし、また更にキースの心を抉《えぐ》ったのであった。


つまり、キースの落ち込みの原因は『失恋』である。

「キース、いい加減気持ちを切り替えて」

落ち込むのはよくわかるけれど、今はこちらに集中してほしい。

「無駄に端整な顔しているんだから、また新しい恋を探せばいいじゃないの」

今から始まる夜会でそれは打ってつけではないか。でもそれは、きちんとやるべきことをしてからの話だ。

「もうすぐ名前を呼ばれるわ。ほら、しっかり立って。笑って!」

この扉が開かれた先は、陰謀渦巻く世界が広がっているのだ。失恋で心ここにあらずでは非常に困る。キースには私を守ってもらわなくてはいけないのだ。

「ほら、手を出して」

無理矢理に腕を取って持ち上げる。

そう言って握りこぶしをキースに向けた。

「行くわよ、相棒」

「……了解、相棒」

キースは肩を竦め、そして拳をコツンと合わせ笑う。

「ミラー家嫡男キース・ミラー様。グラン国特例親善大使マーシャリィ・グレイシス様、ご入場!!」

目の前の扉が開かれ、私は顔つきを変えた。それはもちろんキースもだ。

恐らく今までは前哨戦《ぜんしょう》。本番はこれからだ。

書き下ろしストーリー　子爵メイドメアリと、お婿さん候補の遭遇

親愛なるお嬢様へ
お元気でお過ごしでしょうか？

お嬢様が特例親善大使という大役を担い、グラン国を出立してから早二週間ほど経ちました。

この手紙を読んでいるということはクワンダ国に到着されたのですね。ご無事で何よりでございます。

長旅でお疲れではございませんか？　まさかとは思いますが、何かトラブルに巻き込まれておりませんか？　むしろ進んで首を突っ込みにいった、なんてある訳がございませんよね。メアリはとても心配しております。

なぜ急にそんなことを聞くのかと言いますと、先日カード占いがよく当たると評判のメイドがお嬢様を占ったそうです。そこに水難の相があるとメイドが私に報告してまいりました。

たかだか占いではありますが、少々気になりまして注意喚起を思い、こうやって筆を執らせていただきました。少しでもお嬢様のお助けとなれれば幸いにございます。

大変なお役目の中、ご自身のお体にはくれぐれもお気を付けくださいませ。

メアリも、そしてお腹の赤ちゃんも、お嬢様が無事にお役目を果たされますことを、心よりお祈りしております。

追伸
お嬢様はクワンダ国銘菓『貴婦人の溜息』をご存じですか？
リンゴとカスタード、そして甘いチーズクリームを使った焼き菓子でとても美味だそうです。もしお嬢様が口になさることがあれば、是非その感想をメアリに教えてくださいませね。

お嬢様のメアリより

場所はグレイシス邸の一室。

「ふむ……、まぁこんなものでしょう」

満足気に書き終えて手紙を眺めるのは、私、グレイシス家メイドのメアリである。

手紙の宛先は、特例親善大使としてクワンダ国へ向かった私《わたし》のお嬢様へ。

従順なメイドが書いた主人を案じている振りをしたお土産要請の手紙を、お嬢様はきっと正確に読み取ってくれるだろう。私はのんびりお嬢様のお帰りを待つだけで、美味しいと噂の銘菓がやってくるという戦法だ、ふふふ。

もちろん、お嬢様を蔑ろにしているわけではない。ただ正直なところ、お嬢様のトラブル体質は今日に始まったことではないのだ。またちょっとしたトラブル如きでどうかなる玉でもない。それだけのことを教え込んできた自負があるし、なにより本人が死に物狂いで努力してきたのを一番近くで見守ってきたのは、何を隠そうお嬢様のメイドである私だ。それだけお嬢様を信用しているのである。私がお嬢様の信用が出来ない部分は、男を見る目だけだ。ダメンズウォーカーって。厄介。

まぁ、普通メイドの身分で主人たるお嬢様に対してお強請りするなんて無礼であるのは重々承知だ。でもお嬢様は私のお願いを喜んで叶えてくれるだろう。なぜかと言うと、私のお腹には、お嬢様の弟妹になる命が宿っていますからね。遠慮無くお強請り放題。だって私が食する物全てが赤ちゃんの栄養となるのだ。『可愛い《赤ちゃん》』をこよなく愛するお嬢様が私の願いを叶えないはずがないだろう、うふふふ。

「早くお嬢様帰って来ないかな、ねぇ、赤ちゃん」

すっかり大きくなったお腹をさすりながら話しかけると、まるで返事をするようにポコンと蹴られて、さすが我が子、と思わず親馬鹿発揮。可愛くて可愛くて、なんて愛しい存在なんだろう。我が身で子供を育てるというのが、こんなにも愛おしく、嬉しいこととは思いもしなかった。

そう思えるのも、他でもない旦那様が我が子と、そして坊ちゃまとお嬢様が弟妹だと喜んでくれたお陰である。

「妾、庶子を蔑まれてもおかしくはないのねぇ……」

庶民の私が貴族の子を身ごもる、ということはそういうことだ。それを手放しで歓迎するグレイシス家の方々は、どこか一般と外れた感性をお持ちなのだろう。

「本当、変な人たちよねぇ……ふふ」

私が身ごもったことを報告した時、妻もきっと祝福してくれる、と旦那様は笑った。もうこの時点でおかしいと思うでしょう？　もう霞になられた奥様とはいえ、メイドが夫の子を身ごもって喜ぶ妻がどこにいるんだ、ってね。でも、間違いなく奥様は喜ぶ。それは自分を擁護したくての発言じゃない。

旦那様が心より愛された奥様。誰より優しく寛容で、孤児の私を我が子のように慈しみ、愛してくれた、最初の主人。もう残り少ない命だと自覚していた奥様は、自分の代わりにお嬢様の教育を私に任せられるよう、徹底的に淑女教育を施す程度にはおかしな人だったのだ。もし怒ったとして、その矛先に私ではなく旦那様だろう。私が妊娠を告げた時のお嬢様と同じように「私のメアリにー！」ってね、ふふ。

私の可愛いお嬢様は、敬愛する奥様にそっくりなのだ。

奥様を思い出しひとしきり笑った私は、明るい光が差し込む窓に視線を移した。窓から指す日差しは柔らかく、また風が穏やかなのが見て取れる。

「お天気も良いし、せっかくだからお散歩がてら、ママとお手紙出しに行こうか」

そう私がお腹を撫でると、またポコンとお返事。

「まぁ、良い子ね♪」

今やグレイシス家の血を引く子供を身ごもった私が、わざわざ手紙を出す為に外出をする必要がないのは分かっている。使用人に言付ければすぐに事は済むことだし、妊婦の体を労るのは当然のことだからだ。

けれど長年仕える立場にいた私にとって、人に仕えられるというのは少しだけ苦痛を覚えるものなのだ。大きくなったお腹は少々不都合を覚えるものの、自分で出来ることは自分でやりたい。何より、だ。心配性の旦那様のせいでここのところ外の空気を吸っていない。半ば監禁のようなこの状況に、我慢の限界を感じていたのだ。

「さぁ、自由の旅路へ、いざ行かん！」

なんちゃって、である。これは昨日暇つぶしで読んだ冒険譚に出ていた台詞なのだが、赤ちゃんがまたノリ良くお腹をポコポコと揺らすものだから、気分は上々。

だがしかし、旦那様の目を盗んで、どうやって抜け出そうか。そう思案はしたものの、屋敷を出るのは簡単だった。引き留める旦那様に涙一つ見せれば、それはもう簡単に陥落。一緒に出かけるというのを振り切るのには、少し手間取ったものの、これも無事に勝ち取れたのだ。こんなに簡単に許してもらえるなら、我慢なんかせずに好きに過ごせば良かった。

行ってらっしゃいませ〜、と送り出してくれたのは気の置けない仲間たち。揚々と歩き出した私を止めたのは、しっかりと門付けされていた馬車である。

どうやら旦那様のご命令らしい。外出は渋々許したものの、さすがに妊婦の一人歩きは許可を出せなかったようだ。治安の良い場所しか行かないって、あんなに訴えたのに。ほんと、旦那様の過保護重いぃ……。

馬車の中にはこれでもかというほどに敷き詰められたクッションがあるし、妊婦の体に負担をかけることなく移動が出来るだろう。徒歩で行けない距離ではないが、旦那様のご厚意を無下にする必要もない。私はそう納得して、馬車に乗り込んだのだ。

まず最初に寄ったのは、手紙を配達してくれる機関ではなく、庶民街にあるお嬢様も大好きなパン屋さん。

「おや、メアリ。久しぶりじゃないか」

店から顔を出してきたのは、このパン屋さんの女将さんであるミランダさんだ。

「こんにちは、ミランダさん。ご無沙汰してます」

「はい、こんにちは。御者さんを引き連れて、もうすっかり子爵夫人だね、メアリ」

「いやだ、止めてくださいよ。子爵夫人なんてメイドの私がなれるわけがないでしょう？勘弁してください」

まったくまったく。旦那様の子を身ごもってはいるけれど結婚しませんよ。っていうか出来ません。

「あんた、まだそんなこと言っているのかい。旦那様も可哀想にねぇ。まぁ、いいさ。それにしても、しばらく見ない間に随分大きなお腹になったじゃないか。予定日はいつだい？」

「丁度、マーシャお嬢様が帰って来る頃ぐらいですね」

それは、お嬢様が何事もなく特例親善大使のお役目を終えられたら、が前提の話である。

出立前のお嬢様が、お腹の赤ちゃんに向かって「お姉様が帰って来るまで待っててね。約束よ」と熱心に語りかけるくらいなのだから、誕生の瞬間に立ちあいたいのだろうとは思う。だが、どうしてだろう。お嬢様はこの子の誕生には間に合わないような気がする。

「はは、お嬢さんはメアリの子が生まれてくるのを楽しみにしていたからね。間に合えば良いけれど」

「あ、ミランダさんもそう思います？」

「当たり前じゃないか。あのマーシャお嬢さんだよ？」

「ですよねぇ。私もそう思います」

あはは、ふふふ、と二人で笑い合う。やっぱりお嬢様のトラブル体質は周知の事実のようだ。どんまい、お嬢様！

「だけど、お嬢さんも随分と出世したもんだよ。初めて会った時のあの子は、まだまだ子供だったっていうのにねぇ」

しみじみと言うミランダさんに、私は深く頷いた。

「もっと小さい頃のお嬢様は、私のドレスに隠れるような子だったんですよ」

勉強は出来るが、人見知りで引っ込み思案、更には内弁慶というコミュニケーション能力が低い子供。それが幼い頃のマーシャお嬢様だったのだ。

「あはは。今や見る影もないじゃないか」

「特例親善大使って、つまりは国の代表ですからね。私の膝で眠っていたお嬢様がこんな風になるとは思いもしませんでしたよ」

「何だ。寂しいのかい、メアリ」

この胸に過る不思議な感覚を『寂しい』と言うのだろうか。

「んー……。なんかちょっと違うような気がしますね。まだまだお嬢様は手が掛かると思っていますし」

「あんなに立派なのに？」

それはちょっと贅沢じゃないかい、とミランダさんは笑う。

「もちろん誇らしく思っていますよ。でもお嬢様がメアリ離れしてくれていませんから」

「メアリ離れだって？」

「ええ。お嬢様を丸ごと包み込んでくれるような方が現れない限り、メアリのお役目は終わりそうにないってことです」

泣き虫のくせに、涙を見せられる相手が私しかいないというのは問題だ。私が知る限り、お嬢様の涙を見た人が他に誰かいるだろうか。いつまでも私がお嬢様の涙を受け止め続けているわけにはいかない。ましてや、お腹の赤ちゃんが生まれれば尚更だ。

「はっは～ん。つまりはお嬢さんのお婿さんってことだね」

「察しが良くて何よりですわー」

だからどんなに立派になろうと、私にとってお嬢様はまだまだねんねちゃんなのだ。

「だけどメアリ。もしお嬢さんが誰かいい人を連れてきたとして、あんたはそれを簡単に認めることができるのかい？」

「お嬢様が選んだ方なら、メアリは喜んで祝福しますよ？」

なんでそんな事を聞くんですかね、ミランダさんは。

「あたしにはそうは見えないけどね」

「えぇー？」

どこをどう見て、そんな風に思うのか、甚だ不思議。

「例えばだよ、連れてきた人がお嬢さんの元婚約者のようなタイプだったらどうするんだい？」

「あはははは、そんなの問題外ですね」

アレと同じようなタイプということは、不誠実な男ってことだ。私のお嬢様をそんなゴミ屑以下に渡す訳がないでしょう。候補にすら入れません。

「じゃあ、ガスパールだったら？」

「あらゆる毛と毛をぶち抜いて、人知れず行方不明になってもらいます」

髭中年如きが私のお嬢様を手に入れようだなんて、おこがましいにも程がある。どうしてもお嬢様が欲しいと言うのなら、一万回生まれ直してから出直してこい。いや、百万回かな。

「例えば、と言っただろ。そんな怖い顔するんじゃないよ。お腹の赤ちゃんが吃驚するじゃないか」

「あら、ごめんなさい。想像するだけでつい殺意が、ふふ」

お腹の赤ちゃんもごめんなさいね。うっかりうっかり。

「まぁ、安心しなよ。メアリは知っているじゃないか？　ガスパールはあんたに首ったけだ」

それのどこに安心材料があるんですかね。

「首ったけもクソも、欲しいとも思ってませんが？」

押しつけられても、のし付けて返してやるわ。

「…………ガスパールが哀れだねぇ」

私の答えにミランダさんがポツリと呟くが、髭には憐憫すらやらん、勿体ない。

「全く、メアリは誰だったら満足するって言うんだ」

誰って、ドクズと髭を例えでも候補にあげるミランダさんが悪いのに、なんで私が悪い風に言われているのだ。

「紳士的で、包容力も高く、収入も性格も顔も良い誰かが他にいるでしょう？」

「あんた馬鹿だねぇ。そんな良い男が売れ残っているわけないだろ。女が黙ってないよ」

「はー、最近の男は女の押しに負けるなんて情けない」

「…………あんたがそれを言うのかい……」

え？　言いますけど、それが何か？

でも、まぁね。生半可な男性にお嬢様を託せる訳がないじゃないですか。これは私の我が儘で物を言っているのではなく、あのお嬢様を御せる懐の大きい男性じゃないと、私が安心できないしね。……あれ、これってやっぱり私の我が儘かな……？

「はぁ、あんた本当はお嬢さんが結婚するのは気に食わないんだろ？」

「そんなことはありませんよ」

「違わないね。お嬢さんのメアリ離れも必要かもしれないけど、メアリ自身もお嬢さん離れしな」

「……お嬢様が私に有無を言わせない男性を連れてきてくれればいい話です」

「だから、そんな男前はもう既に人の物だよ。それとも何だい。メアリの中で、誰か候補でもいるのかい？」

そう問われて、頭の中に過る名前。

「……何人か候補にと薦められている方はいますね」

誰に薦められているのかと聞かれると、おいそれと口にはできない高貴な方々なので言えないが、少なくとも熱烈にプッシュされているのが二人ほどいる。

「お、そうなのかい。それを早くお言い。ちょっと本気で心配しちゃったじゃないか」

心配って……。もしかしてミランダさんがしているその心配の矛先は、お嬢様ではなく私ですか？　うん、解せない。

「その推薦された人ってのは、メアリのお眼鏡に適いそうかい？」

「ミランダさんも知っている方々ですよ。確かお二人ともお嬢様とお店に来たことがあると聞いていますから」

「お嬢さんと一緒といえば、あら、まぁ。あのダグラスの旦那とライニール様が、お嬢さんの婿候補かい！」

ですです。ミランダさんもすぐにわかるくらいにはこの店に来ている、そのお二方です。

「そりゃお二方とも良いお人だとは思うけど、ご本人たちはそれを知っているのかい？」

「さぁ？」

ダグラス様に関しては、お嬢様の実兄であるケイト様を差し置いて、自称兄を名乗っていることだけを見れば、ご本人的にはその気はなさそうではある。まぁ、これがポーズでなければではあるが。

「でも、なんだい。ダグラスの旦那は奥様が亡くなられているとはいえ、初婚のお嬢さんのお相手として、メアリは大丈夫なのかい？」

大丈夫も何も。

「初婚だろうと再婚だろうと、世間的にお嬢様はとうの立った訳あり女性ですからね、メアリはそこを気にしませんよ。まぁこれはダグラス様に限った話ではないですが」

これが略奪愛とかふざけた真似だったら許しませんが、過去結婚経験、恋愛経験があろうが、現在がフリーなのであれば問題はない。実際、私も婚姻はしていないものの似たような立場でありますし。

「どちらかと言うと、ダグラス様の場合、問題なのはリアム坊っちゃまですね」

「あぁ、あの天使のような子だね。一度ダグラスの旦那と一緒に来たよ。良い子のように見えたけど、そうでもないかい？」

「いえいえ、リアム坊っちゃまは正しく天使のようなお子様です。ただですね……」

「ただ？」

「恐らくですが、リアム坊っちゃまの初恋ってお嬢様だと思うんですよねぇ」

「ぶはっ……っ、はははははっは」

ミランダさん、笑いすぎです。気持ちはわかるけど。

「いやいや、あの坊っちゃん、見る目があるじゃないか、あははは！」

だから、笑いすぎです。お嬢様がそれだけ魅力的な女性………なのかはわかりませんが、メアリは大好きですよ！（汗）

「んじゃ、何だい。親子でお嬢さんを取り合いだ！」

これは見物だね、とまた更に大爆笑をかますミランダさん。だが残念。そうじゃない。

「むしろ、お嬢様とダグラス様がリアム坊っちゃまを取り合っているんです」

リアム坊っちゃまは魅惑の天使様ですからね。

「あはは。お嬢さんの可愛いもの好きはもう病気だねぇ！」

お嬢様が『可愛い』が好きなことを必死に隠そうとしているようですけど、全然隠せていないいんですよね、あれ。

「とんだ三角関係だ。でもそれじゃ何も成立しないいじゃないかぁ」

　全くその通り。

「だから、リアム坊っちゃまの存在がある限り、ダグラス様とお嬢様はどうにもならないんじゃないですかねぇ」

　いくらダグラス様推しが国のトップだとしても、だ。

「あー、そうかいそうかい。面白いねぇ」

「そんなに笑ってもらえると、お嬢様も喜びます」

　ほんのり哀愁を漂わせながら、ね。

「じゃあ、もう一方のライニール様はどうなんだい？」

　ライニール様ねぇ。

「そう言えば、ちょっと前にお嬢さんがインテリイケメンとデートしているのって噂になってたけど、あれライニール様のことだろ？」

「そうみたいです」

　王妃様からのご厚意という名の『ご命令』のようだけれども、デートには変わりない。

「む、メアリの反応が薄いね。地位も名誉もあるイケメンなんて、メアリの大好物じゃないか」

「大好物って……、まるで私がイケメンも食い物にしているみたいじゃないですか」

お近づきになって自分がどうのこうのとは思いません。痴女じゃあるまいし。

「いい大人が拗ねるんじゃないよ」

「拗ねていませんよ。ただ反応も何も、ライニール様にお会いしたことないんですよ、私」

だからイケメンだと聞いてはいるものの、そのご尊顔を拝んだことがないのだもの。

「ええ？」

「ほら、妊娠が判明してから、私あんまり外出をしていないじゃないですか」

正しく言えば、出来なかった、である。だって旦那様が泣いて嫌がるんだもん。

グレイシス家の亡き奥様がお身体の弱い方だったからか、私の妊娠が発覚してから旦那様の過保護が重くて重くて。ここ半年の間で外出出来たのは片手で事足りるくらいなのだ。

「だから、噂程度にしかライニール様を知らないんですよ」

お嬢様の話によると、優秀、有為、有望の三点が揃っている有能な人であることは間違いない。

「はぁあ、お嬢さんにしては珍しいね」

「たかだかメイドに紹介をするお嬢様がおかしいんですよ」

平民に貴族を紹介するってそんなことするのはお嬢様くらいだ。果てには王族まで含まれるのだから、お嬢様の頭の中は一体どうなっていることやら。

「紹介されてはいませんが、ライニール様のことはお嬢様の口からよく聞いてはいます」

常識人のライニール様が第二部隊隊長で良かったって、何度も何度も言っていた。個性豊かな人たちに囲まれているお嬢様は、それはもう喜んでいたもの。

「ということは、お嬢さんはライニール様のことを憎からず思っている感じなのかい？　あたしにはただの同僚って言っていたんだけど？」

「さぁ、それはどうでしょう」

お嬢様は気が付いていないが、恐らくライニール様はご自分がお婿さん候補にあげられていることに気が付いていると思われる。まぁ、どうやら鈍感なお嬢様はライニール様のアピールを純粋なご厚意、つまり訓練だと思っているみたい、いや、思い込もうとしているがきっと正しいのだと思う。臆病なお嬢様は予防線を張るのが上手ですからねー。

「ミランダさんから見て、ライニール様はどうです？」

「あたしかい？」

「ええ」

庶民街の顔役と言っても過言ではないミランダさんですもの。人を見る目は確かでしょう？

「そうだねぇ……。見た目は最高だね。ご貴族様にしてはあたしにも気軽に接してくれるし、何よりあれだよ」

「あれ？」

あれ、とは首を傾げている私に、耳を貸せとジェスチャーしてくるミランダさん。

「？」

「あの方は魔性だよ。狙った獲物は逃さないタイプさ」

ほほう！

「お嬢様は逃げられない、と？」

魔性の手に掛かれば、男慣れしていないお嬢様なんてイチコロじゃないですかー。

「あたしが思うに、ライニール様の魔の手にお嬢さんの鈍感力がどこまで耐えられるか、だね」

きらーん、ミランダさんはキメ顔でそう語る。

「つまり、ライニール様はミランダさんの大好物《タイプ》ってことですね！」

腹黒い男が大好きだからなー、ミランダさんは。

「あたしがあと一〇歳も若ければ口説いていたんだけどねぇ、惜しいもんだよ」

それ、絶対一〇歳じゃ足りない奴じゃない？

「あら、噂をすればなんとやらさ。メアリ、ライニール様がいらっしゃったよ」

「え？」

そうミランダさんに言われて振り返ると、丁度カランと音を立ててドアが開き、そこから銀縁眼鏡の美丈夫が現れて、あら、まぁ！　である。

「ライニール様、いらっしゃい」

「やぁ、ミランダ」

ほほう、これはまたクールな感じの美形ですこと。これが魔性ねぇ。確かに美形ではあるけれど、魔性は感じない。

「今日はどうしたんだい？　お一人なんて珍しいじゃないか」

いつもはお嬢様とですもんね。

「ちょっと妹に頼まれてね……、あぁ、これはすまない。接客中だったのだろう。ご婦人に失礼を。申し訳ありません」

にこ、と口端を上げただけの笑みなのにとんでもない威力。そんなものが向けられたら、不愉快に思ってたとしても見惚れちゃう。自分の容姿をよくご存じで。

「あぁ、この子だったら気にしないで大丈夫さ。なぁ、そうだろ？」

「ええ、お先にどうぞ」

口が裂けても、横入り禁止！　なんて言えません。っていうか、ミランダさんが言わせる気がないし。

「では、お言葉を甘えて。ありがとうございます、ご婦人」

「いえいえ、お気になさらず～」

どうぞごゆっくり～。その間少しだけもうちょっとだけ観察させてくださいね。魔性のライニール様とやらを。

「それで、妹さんは何をお望みで？」

ほうほう、魔性には妹さんがいらっしゃる、と。そう言えばエイブラハム家と言えば、子沢山で有名だったはず。ふむふむ。

「新作のキャラメルフィナンシェなんだが……、もしかして売り切れてしまったかな？」

なんと、キャラメルフィナンシェだと？　いつの間にそんな新作が！　だけど焼き菓子が並べられているコーナーにはそれらしき菓子は見当たらない。ということは、ライニール様の言うように売り切れ？

「あぁ、キャラメルフィナンシェかい？　奥にあるから大丈夫だよ。ライニール様の妹さんの為ならいくらでも出してやるさ。当然だろ」

あるんだー、って奥にあるって、それって明日用なんじゃないの？　ライニール様に言われて出しちゃうんだ？

「助かるよ、ミランダ。ありがとう」

「やだね。ライニール様と私の仲だろ、ふふふ……ってなんだいメアリ、その顔は。何か文句でもあるのかい？」

えー……、文句というか、ミランダさんのでれっでれのメロメロにちょっと引いちゃっただけで。魔性って、ミランダさん、完全に堕ちちゃってる。えー……。

「いえ、別に……」

なーにが一〇歳若かったら、よ。お菓子で釣ってるじゃない。

「……メアリ……さん？」

「はい？」

ん？　何かな、ライニール様。

「あの、失礼ですが、もしかしてご婦人はグレイシス子爵家の？」

あ、そっか。私はこの方をライニール様だと認識しているけれど、ライニール様は私が誰だかわからなくて当然だ。

「あら、これは失礼を。えぇ、お初にお目にかかります。グレイシス家メイド、メアリでございます」

「やはりそうでしたか！　ご挨拶が遅れまして、ライニール・エイブラムスです」

「ご丁寧にありがとう存じます」

「夫人のお噂はかねがね聞き及んでおります。あぁ、もちろんいい噂ですよ」

「あら、まぁ！」

うふふふ、ってお嬢様の私に関する噂が良い物だけなはずがない。でも、正直には言えないよねぇ。そりゃ。

それにしても、庶民の私に対して随分と紳士的。年齢で言うなら私の方が年上だけど、気さくも気さくなダグラス様でさえ、私に対してナチュラルに上から話すのにね。それが悪いというころではなく、ご貴族様なのに、という意味で、だ。何かな、この感じは。

「私もお嬢様からライニール様のお話はよくお聞きしております」

「おや、マーシャが私のことを？　それは一体どのようなお話なのか、お聞かせいただいても？」

「ええ、もちろん。とても良くしてくださる紳士的な方だと、とても褒めていらっしゃいます。造詣、見聞に深く、見習うところが多いと常々申しておりますわ」

知識だけはやたら持っているお嬢様が感心するくらいなのだから、この人の頭の中はどれだけの情報が入っているのか。ちょっと私も気になる。

「それは少々恥ずかしいですね。いささか過分であるように思います。ですが、マーシャが私をそう言ってくれているのは嬉しいですね」

うわ、なんて攻撃的なはにかみ笑い。ミランダさんが言う魔性ってこういうところを言ってたりする？　なんか想像と違う。魔性っていうから、こうなんていうか……なまめかしい感じを想像していたんだけれど。ちらっと横目でミランダさんを窺ってみると、いつの間にかいないし。奥のキャラメルフィナンシェを取りに行ったな、ミランダさんめ。

「何か？」

「いえいえ、ほほほほ」

おっと、うっかり変な空気を醸し出してしまったかしらね。笑って誤魔化しちゃえ。

「ところで夫人。この後は何かご予定がありますか？」

「予定、ですか？」

ご予定というか、お嬢様への手紙を出しに行くだけだ。

「もしお時間があるのであれば、この後ご一緒していただけませんか？　夫人とお話をしてみたいと、常々思っていたのでよろしければ」

「まぁ！」

喜んで、と申し出を受けようとしたのに、視界の端にいる御者が大きく首を振っているのが見えて口を噤んでしまった。そして脳裏を過った旦那様の泣き顔。相手がお嬢様のお婿さん候補のライニール様であっても、異性と二人きりでお茶を楽しむなんて旦那様が嫌がる。そして恐らく御者を付けたのも、このような事態を阻止する目的も含まれているのだろう。だって御者が真っ青な顔してちぎれそうなくらいにぶんぶんと首を振っているんだもの。

これ、私がライニール様に着いて行ったら、子供が生まれるまで二度と外出できなくなる奴だ。

「………お申し出は大変嬉しいのですが、この後の予定が詰まっておりまして……。申し訳ございません」

ライニール様を見定めるチャンスと旦那様のご機嫌を天秤にかけて、どちらを取るかなんて旦那様のご機嫌に決まっている。外出不可なんて絶対無理。発狂するわ。

「いいえ、謝らないでください。残念ですが、また今度機会をいただけますか?」

「ええ、もちろん。都合が合えば喜んで」

旦那様が説得できれば、だけれどね。

「ごめんよ、ライニール様。待たせちまったかい?」

「おかえりなさい、ミランダさん」

その手に持っているかごの中にあるキャラメルフィナンシェらしき焼き菓子、もちろん

私の分まであり ますよね？

「大丈夫ですよ、ミランダ。待っている間に夫人とお話しさせてもらっていましたから」

「そうかい。仲が良くなったようで良かったよ。はい、ライニール様、こちらをどうぞ。妹さんが喜んでくれるといいね」

「ありがとう、ミランダ」

「ライニール様の為なら、どうってことないさ」

欲しいなぁ、欲しいなぁ。私も新作のキャラメルフィナンシェ食べたいなー。

「ほらメアリ。こっちがあんたの分さ。欲しいなら目じゃなくて口で言いな」

さすが、ミランダさん！

「大好きですよ、ミランダさん」

「ふん。調子がいいね」

それ程でも、ふふ。

「では私はここで」

「ええ、さようなら、ライニール様」

ライニール様が帰ると聞いてほっとした顔するな、御者。

「今日はありがとさん。また来ておくれよ」

もちろん。そうライニールは言って颯爽と場を後にしたの。うん、やっぱりなんか消化不良だ。

「で、ライニール様はどうだったかい？　しっかり魔性だっただろ？」

えー……？

「ただの美しい好青年でしたよ？」

魔性という程でもないかと思いますけど。

「おやおや、これはまたライニール様も手加減したものだね」

「そうですか？」

私には全然そうは思えない。

「でも……、そうですね。ミランダさんの言うとおりライニール様が魔性だったなら、お嬢様は無理でしょう」

「ライニール様の何がいけないんだい？」

ライニール様の何がいけない、という訳ではない。ただ、そう。

「……魔性の男があんまり……、いえ、もう凄くお嫌いなんですよ」

ライニール様の魔性が私の思うところだったとしたら、お嬢様が毛嫌いしている魔性の男とは毛色が違うことになるけれどね。

「お嬢さんは贅沢だねぇ」

確かに。ライニール様ほど好条件の男性なんて他にいない。

「あたしがあの二人の様子を見るからに、お嬢さんを逃すつもりはないよ、ライニール様は」

「そんなにですか？」

「そうさ。少しずつ少しずつ、でも確実にお嬢さんを囲い込みにきているね。メアリと話がしたいってのもその一環さ。あんたなくしてお嬢さんは手に入れられないからね」

「聞いてたんですか？」

奥からわざわざ？

「聞こえてきたんだよ。わざとじゃないさ」

えー、本当かなぁ？

「う～ん。だとしても、お嬢様の何がライニール様をそこまでさせるんでしょうね」

ライニール様なら選び放題だろうに、何を好んでお嬢様なのか。未来の王太子の乳母という立場は貴族的に美味しいだろうが、地位も名誉も持ち合わせているライニール様がそれを望むとは思えない。

「あたしにはちょっとわかるさ。お嬢さんを選んだ訳が」

「それは何です？」

私のお嬢様は、贔屓目に見ても決して男性に好まれるタイプの女性じゃない。

「馬鹿だねぇ、メアリは」

はぁああああ、と大きく溜息を吐いたミランダさんは言った。

「厄介な人に好かれるのは、お嬢さんの得意技じゃないか」

「……………………………………………………なるほど」

とてつもなく納得である。お嬢様がライニール様を常識人だと何度も言うものだから、そう思い込んでいたけれど、もし違ったらどうだろう。いや、常識人ではあるのかもしれないけれど、ミランダさんが魔性と称するくらいなんだから厄介な人である可能性は大いにある。

「うわぁ、お嬢様ったら難儀ぃ」

「ライニール様に好かれてそんなことを言うのは罰が当たりそうだけど、相手がお嬢さんだからねぇ」

　全くだ。

「あぁ、やっぱりライニール様に着いて行けば良かった」

そうしたら、もっとライニール様の意図がみえたかもしれないのに。後悔しても後の祭りである。

「次の機会があるさ。あの調子だとすぐにでも連絡してくるだろうよ」

「ですね。これは旦那様の説得をなんとかせねばなりませんね」

今日みたいに泣き落とす？　それとも色仕掛け？　もしくはこのキャラメルフィナンシェで買収でもしようかしら。甘い物が大好きな旦那様には結構効果的かもしれない、むむむ。

「あ、そう言えばメアリ。話は変わるけどさ、あんた知ってたかい？」

何をです？　今私は旦那様懐柔法を探すので忙しいんですけど？

「ガスパールの事さ」

「知る必要がありませんね」

髭の情報なんて聞きたくもない。いらんいらん。

「まぁま、そう言わず聞きなよ。ガスパールは今、傷心旅行だってさ」

「へー」

全然興味ないですけど。

「最後まで聞きな。本当、ガスパールは哀れだね」

「すみません。正直者なので」

にこ。

「……まぁ、いいさ」

そうしてくださいな。本当興味がないから。

「旅行先、クワンダ国だよ。今頃、お嬢さんと再会でもしてるんじゃないかい？」

「は？」

何ですって――――――――っ！

追伸の追伸
お嬢様、そちらへ髭面した馬鹿が行っているようです。
もし、何かの間違いで会うことがあったら、『朽　ち　果　て　ろ』と伝言をお願いできますか？

ついでに回し蹴りの一つや二つ、いえ三つほどお見舞いしてあげても構いません。馬鹿髭は特殊な性癖を持ち合わせているので情けは無用です。

ではお嬢様、くれぐれも伝言をお忘れなくよろしくお願いいたします。

お嬢様の大好きなメアリより

婚約者に裏切られたので、子爵令嬢から王妃付き侍女にジョブチェンジしてみた④／完

MAG Garden NOVELS

婚約者に裏切られたので、子爵令嬢から王妃付き侍女にジョブチェンジしてみた④

発行日　2024年3月23日 初版発行

著者 雉間ちまこ　イラスト 煮たか

発行人　保坂嘉弘

発行所　株式会社マッグガーデン
〒102-8019 東京都千代田区五番町6-2
ホーマットホライゾンビル5F
編集 TEL：03-3515-3872　FAX：03-3262-5557
営業 TEL：03-3515-3871　FAX：03-3262-3436

印刷所　株式会社広済堂ネクスト

担当編集　須田 房子（シュガーフォックス）

装　幀　小椋博之、佐藤由美子

本書は、「小説家になろう」（https://syosetu.com/）作品に、加筆と修正を入れて書籍化したものです。

ISBN978-4-8000-1353-8 C0093　　Printed in Japan

著者へのファンレター・感想等は〒102-8019（株）マッグガーデン気付
「雉間ちまこ先生」係、「煮たか先生」係までお送りください。